KB124870

뭐라도 써야 하는 너에게

집 나간 문장력을 찾아 줄 6가지 글쓰기 비법

초판 1쇄 펴낸날   2023년 8월 30일

지은이   정혜덕
펴낸이   홍지연

편집   홍소연 이태화 서경민
디자인   권수아 박태연 박해연 정든해
마케팅   강점원 최은 신종연 김신애
경영지원   정상희 여주현

펴낸곳   (주)우리학교
출판등록   제313-2009-26호(2009년 1월 5일)
주소   04029 서울시 마포구 동교로12안길 8
전화   02-6012-6094
팩스   02-6012-6092
홈페이지   www.woorischool.co.kr
이메일   woorischool@naver.com

ⓒ정혜덕, 2023
ISBN 979-11-6755-223-5 43800

만든 사람들
편집   서경민
교정   한지연
디자인   박해연

집 나간 문장력을 찾아 줄 6가지 글쓰기 비법

뭐라도 써야 하는 너에게

집 나간 문장력을 찾아 줄 6가지 글쓰기 비법

뭐라도 써야 하는 너에게

정혜덕 지음

들어가며: 삼가* 모십니다

3월이 되면 낯선 얼굴들 앞에서 자기소개를 해요. 경계심과 호기심이 반반 섞인, 혹은 무관심이 담긴 눈빛을 온몸으로 받으며 인사를 건네고 이름을 말하죠. 선생이니까, 어른이니까 아무렇지 않은 척하지만 사실은 긴장이 좀 됩니다. 지금이 딱 그 기분이에요. 책으로 만나게 될 미지의 소녀, 소년에게 저를 소개하려니 떨리네요. 이럴 때 제가 이름만 말해도 다들 아는 유명한 작가이면 좋을 텐데, 아쉽게도 전혀 그렇지가 않아요. 안 유명한 작가인 제가 글쓰기에 대해 글을 쓰는 이 상황이 무척 민망합니다.

안 유명한 작가는 글을 써서 돈을 많이 벌 수 있다고 자신 있게 외치지 못하거든요. 저는 지난 4년 동안 몇 권의 책을 출간했는데 엄청 공들여 쓴 글로 받은 돈은…… 에

■ 겸손하고 조심하는 마음으로 정중하게

구, 1000만 원이 될까 말까 하네요. 여러분에게는 엄청 큰돈일 수 있는데, 최저 시급으로 계산했을 때, 주 40시간을 일하면 월급으로 201만 580원을 받아요(2023년 기준). 열두 달이면 2400만 원이 조금 넘죠. 저는 아직까지 글을 써서 돈벼락을 맞아 본 적은 없습니다. 조건을 바꿔야 해요. 유명한 사람이 글을 쓰면 돈을 법니다! 이런, 시작부터 꼬이네요.

혹시 여러분은 글쓰기에 관심이 있나요? 별로 없다고요? 그럴 수 있죠. 사람마다 관심 분야가 다 다르니까요. 저는 운동에 관심이 없어요. 학교 다닐 때 운동을 잘하지 못했거든요. 그래서인지 '보는' 운동도 별로 재미없더라고요. 대한민국 국민이니까 올림픽이 열리면 양궁 경기만 잠깐 응원하는 정도라고 할까요. 친구들 따라서 몇 번 야구장에 가기도 했는데, 솔직히 말하면 수다 떨고 간식 먹는 재미로 갔어요. 관심은 안 생기더라고요. 저는 평생 운동에 철벽을 치고 살다 죽을 거라고 믿었는데, 아니었어요. 난데없이 받은 선물처럼 관심이 뿅하고 솟아났답니다. 규칙적으로 운동해서 체력을 키우지 않으면 안 되는 상황이 닥쳤거든요. '필요'가 운동에 대한 관심을 캐냈어요.

글쓰기도 운동과 비슷한 면이 있답니다. 글 쓰는 능력은 굉장히 유용한 능력이에요. 그리고 학교에서는 소녀, 소년이 이 능력을 펼칠 기회를 '너무' 많이 준답니다. 국어 과목뿐 아니라 다양한 과목에서 글쓰기 수행 평가 과제를 내 주죠. 고등학교를 졸업하면 끝이라고요? 본격적인 글쓰기 세상은 성인이 된 뒤에 열려요. 대학에 간다면 시험을 치르기보다 리포트를 더 많이 써야 할걸요? 취업을 하기 위해서 자기 소개서를 쓰고 또 쓰다가 드디어 취업을 하면 보고서를 쓰죠. "이런, 귀찮게 뭘 자꾸 쓰라는 거야? 대학이나 회사에 가는 대신 콘텐츠를 만드는 크리에이터가 될래!" 좋아요. 그런데 무슨 일을 하든 계획을 세우고 생각을 정리해야 하잖아요. 생각을 외우고 다닐 순 없으니, 글로 쓸 수밖에요.

대한민국의 모든 소녀, 소년이 글을 잘 쓸 필요는 없다고 생각해요. 하지만 이렇게 유용한 능력을 키우지 않기로 굳게 결심할 것까지야……. 게다가 글에는 묘한 힘이 있어서, 어질러진 마음이 글을 쓰는 동안 제자리를 찾기도 하고, 우리가 사는 세상을 더 공평하고 정의롭게 바꾸기도 한답니다. 무엇보다도, 글쓰기는 재미있어요. 나만의 이야기를 엮어 가는 과정은 남이 만든 이야기를 보고 듣는 과정보다 더 흥미진진해요. 글을 쓰며 문장과 문단을 넘어갈 때만 경험할 수 있는 보람, 감동도 있답니다. 아직 경험하지 못했다면, 제가 살짝 안내해 드릴게요. 어른들이 쓰는 말로, 여러분을 글쓰기의 세계로 삼가 모십니다.

■
본문에 인용한 소녀, 소년의 글은 어문 규범에 맞지 않더라도 원문을
그대로 실었음을 밝힙니다.

1

누가 쓰는가

글은 누가 쓸까요? 하얀 종이나 화면을 글자로 채우고 싶어 하는 사람입니다. 보고 듣고 생각하고 느낀 것을 문장으로 표현하고 싶은 마음이 있는 사람은 글을 씁니다. 이런 사람은 흰 바탕에 콕콕 찍힌 마침표가 늘어날 때 뿌듯한 기분을 느껴요. '나는 그런 마음이나 기분이 든 적이 없으니 글을 쓸 사람이 아니군!' 하고 결론을 내리기는 일러요. 처음에는 글을 쓰고 싶지 않았는데 막상 쓰다 보니 예상치 못한 재미를 맛볼 수도 있거든요. 우리의 마음 구석진 모퉁이를 잘 살피면 글을 쓰고 싶은 욕망이 긴 낮잠을 자고 있을지도 몰라요.

프로 방학 숙제러의 진화

여러분은 초등학생이었을 때 일기를 썼나요? 요즘은 초등학교에서 일기 쓰기 숙제를 잘 안 내 준다고 합니다. 2005년에 국가인권위원회가 일기 검사는 아동의 사생활과 양심의 자유를 침해할 소지가 크다고 판단했거든요. 여러분도 초등학교에 다닐 때 이 권고의 영향을 받았을 거예요. 일기 대신에 선생님이 내 주는 주제에 따라 글쓰기를 하거나 원래 쓰던 독후감을 더 많이 쓰기도 했죠? 권고는 명령이 아니니까 쓰던 대로 일기를 계속 썼을 수도 있겠네요. 초등학교 5학년인 우리 집 막내도 아직 일기 쓰기 숙제를 합니다. 매일 쓰진 않고, 일주일에 이틀만 쓰더군요.

사생활 보호와 양심의 자유는 잠깐 접어놓고, 매일 일기를 쓴다고 한번 생각해 볼까요? 살면서 별로 하고 싶지 않지만, 안 하고 미뤘다가는 후회하는 일이 몇 가지 있죠. 책상 정리나 방 청소 같은, 귀찮은 일들 말이에요. 그중에서 일기 쓰기는 단박에 '귀찮은 대상 1위'를 차지할 거예요. 사실 하루하루가 그렇게 변화무쌍하진 않습니다. 아침에 일어나서 잠들 때까지 거기서 거기인 날들도 많고요. 아침을 먹고 학교에 갔다가 급식 먹고 졸다가 학원 들러 집에 와서 저녁 먹고 또 졸면서 숙제를 하다가 짬짬이 스마트폰을 들여다보는 일상이 대부분이죠. 그런데 그 비슷비슷한 날들을 굳이 기록해야 한다? 생각만 해도 순식간에 피곤해지네요.

제가 초등학생이었을 때는 그 귀찮은 일을 꾸역꾸역 했어요. 학교에 가면 자리에 앉기도 전에 담임 선생님 책상 위에다가 일기장부터 펴 놓아야 했어요. 거의 매일 검사를 받았습니다. 선생님께 야단맞지 않으려면 뭐라도 써내야 했는데, 지금 생각하면 뻔하고 뻔한 일기를 읽는 선생님도 괴로우셨을 것 같네요. 문제는 방학이었는데, 매일 검사를 받는 게 아니니까 당연히 일기가 밀릴 수밖에 없었어요. 저는 일기장을 안 내고 야단을 맞을 만큼 간이 큰 어린이는 아니어서, 개학이 가까워 오면 어쩔 수 없이 먼지를 털듯 기억을 탈탈 털어 일기를 썼습니다.

그 지루한 과정을 반복하던 어느 날이었습니다. 아마 개학 일주일 전쯤이었을 거예요. 일기 쓰기 터널을 통과해야 한다고 생각하니까 너무 하기가 싫었어요. 그 순간, 번뜩이는 검은 아이디어가 찾아왔지요. 책상 서랍속 깊이 넣어 두었던 작년 여름 방학 일기장을 꺼내서 똑같이 베끼기 시작했습니다. 다 쓴 뒤에는 현관에 쌓인 신문의 일기 예보를 찾아서 날짜와 날씨를 고치는 치밀함도 잊지 않았어요. 거짓말로 가득한 일기장을 내면서 양심의 가책은 별로 없었는데, 아마 일기에 특별한 의미를 부여하지 않아서였을 겁니다. 오히려 얼마나 보람(?)이 있었는지 몰라요. 교활한 재활용이었죠.

6학년이 되어서 그 검은 기운에 더 빠져들 수도 있었는데, 반전이 일어났어요. 특별한 선생님을 만났기 때문이죠. 1986년에 서울 잠동 초등학교 6학년 1반을 담임하셨던 이도갑 선생님은 우리 반을 위해서 남다른 일을 해 주셨습니다. 덕분에 좋은 추억이 많은데, 제게는 특별한 기억이 한 가지 더 있어요. 선생님은 제 일기를 참 열심히 읽어 주셨어요. 돌려받은 일기장에는 꼭꼭 눌러 적은 단아한 궁서체 글씨가 쓰여 있었습니다. 글씨도 멋졌지만, 내용이 더 '심쿵'했죠. 내 글을 열심히 읽은 사람의 답글이 분명했어요. 그때는 댓글이라는 말이 없었을 때였는데, 일기장을 낼 때마다 선생님이 뭐라고 댓글을 달아 주실지 설레고 궁금했죠. 그 마음이 연필 잡은 손을 재빠르게 놀리도록 의욕을 불어넣어 주었습니다. 일기 쓰기가 재미있을 줄이야! 공책 한 권을 일기장으로 가볍게 다 쓰고, 새 공책으로 갈아타기를 세 번쯤 했던 것 같아요. 그 공책들을 테이프로 붙이니까 세상에 하나밖에 없는 네 권 분량의 일기장이 되었습니다. 제 딴에는 뿌듯해서 어깨가 자동으로 올라갔다니까요?

제 글을 읽는 사람이 있다고 생각하니까 더 열심히 글을 쓰고 싶어졌어요. 그게 비록 숙제로 쓰는 일기라고 해도요. 공책 한 쪽을 가득 채우면서 일기의 내용도 조금씩 변했어요. 흔히 일기의 첫 문장을 "나는 오늘 무엇을 했다."라고 쓰잖아요? 저도 처음에는 매일 겪은 일과 기분에 관해서 썼습니다. 주로 신나고 재미있었던 일, 때로 속상하고 화났던 경험을 쓰게 되었죠. 그러다가 교실에서 친구들이 하는 말이나 장난, 누가 누구를 좋아하는 것 같다는 이야기로 옮아갔어요. 내 이야기보다 남의 이야기가 훨씬 재미있더라고요. 선생님께서 그런 부분을 반 친구들에게 읽어 주셨던 기억이 나요. 하지만 교실에서 매번 사건 사고가 일어나지는 않잖아요. 눈앞에서 일어나는 일을 쓰는 걸로는 한계가 있었습니다. 더 쓰고 싶은데, 쓸거리가 없는 거죠. 그래서 이야기를 꾸며 쓰기 시작했어요. 동화를 써야겠다는 결심을 했다기보다 '한번 써 볼까?' 하는 가벼운 마음이었어요. 사람이 아니라 꽃들이 주인공인 이야기였는데, 꽃들이 놀다가 사랑하고 질투하고 싸우고……. 오, 선생님께서는 이 이야기에도 재미있다고 답글을 써 주셨어요. 반응이 별로 좋지 않다

면 더 쓰진 않았을 텐데, 그 답글에 신이 나서 몇 편을 이어서 썼어요. 누가 시키지도 않았는데 참 열심이었죠.

일기 쓰는 법

말이나 생각은 휘발성이 강해서 붙잡아 놓지 않으면 기억에서 흐릿해져요. 어제 겪은 일을 오늘 쓰려고 하면 이미 기억이 머릿속에서 절반은 날아갔을 확률이 높아요. 일기를 쓸 때는 '당일 생산, 당일 기록' 원칙이 유용합니다. 해가 저문 뒤에 하루 동안 겪은 일들을 되짚어 보며 내가 어떤 생각을 하고 무슨 감정을 느꼈는지 두세 문장으로만 적는 대도 훌륭한 일기입니다. 일기는 반성문이 아니니, 배움과 깨달음으로 끝맺지 않아도 돼요. 막상 일기를 쓰려고 보니 오늘은 어제와 다를 바가 없고 내일도 마찬가지일 것 같더라……. 맞아요. 하루를 보낸 소감은 특별하지 않을 확률이 높아요. 우리의 삶은 영화나 드라마가 아니니까요. 그래도 뜯어보면 미세하게 다른 부분이 있어요. 마음에 남아 있는 장면이나 친구와 주고받은 대화를 구체적으로 작성해 보세요. 아무리 생각해도 특별한 일이 없다고요? 특별한 일을 만들면 되죠. 창문을 열고 하늘에 뜬 달을 10분 동안 바라볼까요? 그렇게 한 뒤에 여러분을 바라보는 부모님의 표정부터 묘사해 보세요.

할 말 있는 주인공, 호기심 많은 관찰자, 엉뚱한 창조자

제가 6학년 때 일기장에 적었던 이야기는 세 종류였어요. 그 이야기들에는 저의 생각과 느낌이 담겨 있지만 결이 조금씩 달라요. 첫째, 제가 주인공인 이야기입니다. 내가 이야기의 중심에 떡하니 앉아서 나에게 일어난 일을 다른 사람들에게 들려주죠. 이야기에 다른 인물들도 나오지만, 저의 비중이 가장 높아요. 제가 친구와 다툰 이야기를 쓴다고 생각해 볼까요? 싸움은 저와 친구, 두 사람 모두가 겪은 사건이지만 일기를 쓰는 제가 주인공이고 친구는 조연이니까 친구보다는 저의 처지를 더 비중 있게 설명합니다. 제가 제 이야기를 쓰는 거니까 어렵지 않았어요. 하지만 저만의 생각과 관점에 갇힐 수 있다는 한계도 있습니다.

둘째, 제가 관찰자인 이야기입니다. 이 이야기에서 저는 주인공이 아니에요. 제 눈에 보이고 귀에 들린 사건이나, 다른 사람이 이야기의 중심에 있습니다. 저는 등장하지 않을 수도 있고, 등장하더라도 별로 중요하지 않은 역할로 나와요. 저는 주인공이 아니라 눈앞에서 벌어진 사건을 보고 듣는 관찰자 역할을 담당합니다. 이때의 이야기에는 제가 보고 들었던 것이니만큼 저의 의견과 해석이 자연스레 녹아들 수밖에 없죠. "우리 반 A가 B를 좋아하는 것 같다. 어제 C가 말하길 A가 B의 생일 선물을 사느라 한 달 용돈을 탈탈 털었단다. 평소에 A는 나에게 떡볶이 한 번을 안 사 주는데, 어떻게 그럴 수가 있지? 진짜 좋아하나 보다."처럼요.

셋째, 제가 창조자인 이야기입니다. 앞에서 꽃들이 놀다가 사랑하고 질투하고 싸우는 이야기를 썼다고 말씀드렸죠? 이 이야기는 (잘 썼든 못 썼든) 현실 세계에서는 일어난 적이 없었던 일이에요. 앞의 두 이야기는 진짜 이야기지만 이건 가짜 이야기죠. 전에는 존재하지 않았는데 저를 통해서 생긴 이야기니까, 저는 이야기 속에 등장하지 않지만, 이야기의 무대가 되는 세계를 만든 창조자의 역할을 해요. 창조자가 되면 인간이 아니라 신이 된 기분이 살짝 들어요. 무에서 유를 창조하는, 새로운 재미가 있죠. 서로 사랑하는 백합과 튤립을 헤어지게 할 수도 있고, 자기 미모에 취해 잘난 척하는 장미를 하루 아침에 할미꽃으로 만들 수도 있어요.

이 이야기들은 제가 초등학교 6학년일 때 썼던 일

기장에만 갇혀 있기는 싫었나 봐요. 30년이 지난 뒤, 일기장에 들어 있던 주인공과 관찰자와 창조자가 마법에서 풀린 듯 깨어났습니다. 저는 2017년부터 본격적으로 글을 쓰기 시작했어요. 매일 일기를 써서 네 권의 공책을 묶을 정도로 부지런했던 저로 돌아갔죠. 2020년에 『아무튼, 목욕탕』이라는 책을 냈어요. 이 책은 제목에도 나와 있듯이 제가 목욕탕에 들락거렸던 경험을 바탕으로 쓴 이야기예요. 저는 목욕을 좋아해요. 자잘한 일로 짜증이 나거나 감당하기 힘들 정도로 괴로운 일을 겪었을 때 목욕탕이라는 공간에 들어가면 긴장이 풀리고 힘을 얻습니다. 목욕탕 유리문을 밀고 나오면 새로 태어난 기분이 들거든요. 이 책에서 저는 주인공의 역할을 하면서 관찰자가 되기도 했어요.

오랜만에 이야기의 주인공과 관찰자가 되니까 좋았어요. 이야기를 쓰면 '좋다'는 말로 다 표현하기 어려운 재미를 누립니다. 재미있는 영화를 보면 두 시간이 십오 분처럼 지나가잖아요. 그런 재미도 좋지만, 영화에 내가 끌려가는 셈이니 수동적인 재미라고 할까요. 글을 쓰면 보다 능동적인 재미를 맛볼 수 있습니다. 한마디로 '재미를 만드는 재미'를 경험한다고 할 수 있죠. 내친김에 이야기의 창조자가 되어 동화나 소설을 써 보면 어떨까 생각해 봤는데, 글을 쓰는 저만 재미있고 읽는 사

람들은 재미를 못 느낄 것 같아서 걱정됩니다. 세상에는 재미있고 감동적인, 잘 쓴 이야기들이 정말 많거든요. 그래도 꾸준히 조금씩 시도한답니다. 제가 쓰는 대부분의 이야기에서 저는 주인공이거나 관찰자이지만, 어떤 장면에서는 상상력을 발휘해 눈으로는 볼 수 없는 장면을 만들어 내요. 『아무튼, 목욕탕』에는 팔이 네 개인 사람이 탕에 들어온 장면을 넣었어요. 우리에게 익숙하지 않은 존재, 다르다고 생각하는 존재를 어떻게 대하면 좋을지 생각해 보자는 뜻에서였죠.

초등학교를 졸업한 뒤로 일기장 검사를 받을 필요가 없어진 여러분이 과연 저처럼 쓰고 싶어서 쓰는 글을 쓰게 될까요? 이 책을 끝까지 읽으면 누가 시켜서가 아니라 스스로 글을 쓰는 자리에 앉게 될까요? 글을 쓰는 사람들, 작가라고 불리는 사람들은 글 쓰는 재미를 맛본 사람들이에요. 저처럼 유명하지 않은 작가도 이 재미 때문에 순간순간 글을 쓰고 싶은 마음이 듭니다. 이쯤 되면 '과연 글쓰기가 뭐길래?' 하는 질문이 떠오르겠지요.

한없이 보통에 가까운 '나'

글쓰기는 작문作文이라고도 해요. 작문의 '작'은 '짓다'라는 뜻인데요, 국어사전에서 '짓다'를 찾아보면 '재료를 사용해 밥, 옷, 집 따위를 만들다'라는 뜻이라고 나와요. 재료를 사용해서 재료와는 다른 무언가를 만들어 낸다는 뜻입니다. 천으로 입는 즉시 호흡 곤란이 일어나는 바지를, 판자로 비가 새는 개집을 지었다면 '잘' 짓지는 못했어도 짓기는 지은 거예요. 제대로 된 옷이나 집을 지으려면 전문 지식이 있어야 하고 숙련된 기술을 갖춰야 해요. 과정도 꽤 복잡하답니다.

이에 비해 밥 짓기는 비교적 간단해요. 밥을 지으려면 도끼로 나무부터 베어 불을 피워야 했던 시절은 안녕! 전기밥솥을 발명하신 분께 무한한 감사와 존경을 바친 뒤, 밥솥 안쪽 눈금에 맞춰 씻은 쌀과 물을 넣고 취사 버튼을 누르면 끝이에요. 진밥 좋아하는 사람, 눌은밥 좋아하는 사람, 콩밥은 죽어도 안 먹는 사람 등 사람마다 입맛도 다르고 영양까지 고려하면 지을 밥의 종류는 더 복잡해지겠지만 밥 짓는 방법 자체는 어렵지 않습니다. 저는 10대 두 명 그리고 이제 막 성인이 된 20대 한 명과 함께 사는데, 초등학교 5학년, 고등학교 1학년, 대학교 1학년 모두 밥을 지을 줄 알아요. 심지어 막내는 초등학교 2학년일 때 처음 밥을 했답니다.

글쓰기도 마찬가지예요. 초등학교에 입학해 1학년을 마치면 대다수 학생이 그림 일기장에 두세 문장 분량의 글쯤은 척척 지어 내죠. 글이 별건가요? 다른 사람에게 전하고 싶은 말을 글로 옮기면 되죠. 글쓰기에는 특별한 재능이 필요하지 않습니다. "드디어 시험이 끝났다!" "급식으로 현미밥이 나왔다." 같은 문장은 누구나 쓸 수 있어요. 그래도 못 믿겠다는 분들이 있을 것 같아서 20여 권의 책을 저술한 인문학자 고미숙 선생님 말씀을 옮겨 볼게요.

> 춤, 미술, 음악, 요리, 스포츠 등 세상을 빛나게 하는 것들은 다 재능이 필요하다. 선천적으로 타고나지 않고서야 이 방면의 스타가 되는 건 불가능하다. 부와 인기가 보장되는 영역은 다 이처럼 천재성이 요구된다. 하지만 이 천재성이 절대 통하지 않는 영역이 바로 글쓰기다."

읽고 쓰는 것이 재능이라면 천재성을 타고나지 않은 이들을 가려내 일찌감치 포기시키고 될성부른 떡잎만 집중적으로 훈련해야 맞겠죠? 하지만 학교에서는 모든 학생이 글쓰기를 배워요. 고 선생님은 바로 이 사실이 글쓰기에는 천재성이 따로 필요치 않다는 증거라고 해요. 저도 이 생각에 동의해요. 제가 6학년 때 일기장에 글을 쓸 때 학교에서 배운 것 외에 별다른 지식이나 기술이 더 필요하지 않았거든요. 그렇지만 "안 해서 문제지, 누구나 할 수 있어요. 오늘부터 밥도 짓고 글도 지어 봅시다!"라는 말이 여러분의 마음을 확 끌어당기기엔 아직 이르죠?

사실, 밥이라고 다 같은 밥은 아니에요. 특별한 밥이 있어요. 초밥용 밥을 생각해 볼까요? 신문에서 서울의 유명 호텔 일식당에 근무하는 초밥 달인의 이야기를 읽었는데, 우아! 과정이 엄청 복잡했습니다. 쌀을 씻고 물기를 뺀 뒤에 30분 정도 가만히 놓아두었다가 다시 찬물에 담가서 또 불린대요. 그러고 나서 밥을 한대요. 초밥용 밥이 죽처럼 질척거리면 곤란하니까 여러 단계를 거치는 거래요. 우리가 전기밥솥 버튼을 한 번 눌러 밥을 안치는 것과 비교하면 과정도 복잡하고 정성도 많이 들

■ 고미숙, 『읽고 쓴다는 것, 그 거룩함과 통쾌함에 대하여』, 북드라망, 2020, 129쪽.

어갑니다. 확실히 아무나 못 짓는 밥이네요. 앞에서 누구나 글을 쓸 수 있다고 했지만 아무나 못 쓰는 글도 분명히 있어요. 책을 읽다 보면 죽었다 깨어나도 나는 이렇게 못 쓰겠구나 싶은 문장을 만나요. "접경의 긴 터널을 빠져나오니, 설국이었다. 밤의 밑바닥이 하얘졌다."라는 문장은 일본 소설가 가와바타 야스나리의 소설 『설국』의 첫 문장으로 유명하지요.

밤은 깜깜합니다. 색깔로 표현한다면 검은색이고요. 하얀 눈으로 뒤덮인 곳이라고 해도 밤은 깜깜하고 검을 수밖에 없어요. 빛이 없으니까요. 그런데 가와바타 야스나리는 해리 포터가 마술 지팡이로 "루모스!"를 외쳐 불을 밝히듯 글자에 불을 붙였어요. 그 불로 밤의 밑바닥에 쌓인 눈의 실체가 드러났어요. 1948년에 『설국』이 세상에 나온 뒤로 눈이 오는 밤의 밑바닥은 하얘졌어요. 서늘하면서 은은하게 번지는, 이전에는 한 번도 경험하지 못했던 문장의 맛이죠. 평범한 사람들은 죽었다가 깨나도 이런 문장을 짓기 어렵습니다. 가와바타 야스나리는 아직 대한민국에서 나온 적 없는 노벨 문학상 수상자예요. 이쯤 되면 아무나 못 짓는 밥, 아무나 못 쓰는 글도 있다는 사실을 인정해야겠습니다.

글쓰기의 시작은 밥 짓기처럼 쉽고 간단하지만, 끝까지 쉽고 간단하지는 않을 것 같다는 느낌이 들죠? 총

명한 소녀, 소년은 이쯤에서 눈치를 채고 슬슬 도망갈 준비를 하고, '귀차니즘'에 물든 이들은 무념무상에 들어가려고 하네요. 거기 짐을 챙기는 소녀, 눈에 힘을 푸는 소년, 잠시만요. 제가 얼른 당근을 드리겠습니다.

몸, 머리, 삶의 사용자

:
:
:
:
:
:
:
:

오늘 아침, 생애 최초로 밥을 지었다 쳐요. 쌀을 씻고 솥 안쪽의 눈금에 맞춰 물을 붓고 취사 버튼을 눌렀어요. 갓 지은 따끈한 밥을 든든히 먹고 집을 나섰죠. 한나절이 금방 지나 저녁놀이 붉게 물들면 슬슬 배가 고파져요. 집에 돌아와 손발을 씻고 옷을 갈아입고 나니 만사가 귀찮네요. '밥을 지어야겠구나. 아침이랑 똑같이 백미로 지을까, 아니면 뭘 좀 섞을까? 갓 지은 밥에 달걀 프라이를 올려서 간장 한 방울 똑 떨궈 비벼 먹…….'

이런저런 생각을 하며 침대에서 뒹굴뒹굴한다고 밥이 될까요? 천만에요. 귀찮아도 자리에서 일어나 쌀을 씻으러 주방으로 가야 해요. 밥은 생각이 아니라 몸으로 지어요. 글도 마찬가지입니다. 앞에서 글쓰기는 어렵지 않고, 특별한 재능이 필요하지도 않아서 누구나 할 수 있다고 했어요. 하지만 생각만 하는 사람은 한 문장도 지을 수가 없어요. 일단 책상 앞에 앉아야 해요. 앉아서 노트든 노트북이든 꺼내 펼쳐야 해요. 요즘은 침대에 누워서 스마트폰으로도 글을 쓸 수 있으니 세상 참 좋아졌네요. 하지만 자칫 잘못하면 몇 줄 쓰다가 잠이 들 수도 있으니 의자에 앉는 편이 안전해요.

책상 앞에 앉는 법

글을 쓰는 장소가 집 밖인지, 집 안인지에 따라 달라요. 집 밖 카페에서 작업을 할 때는 신발을 신고 현관문을 여는 순간에 절반은 성공입니다. 카페에 도착하면 제가 늘 앉는 자리에 노트북, 휴대용 노트북 거치대, 무선 키보드와 마우스를 늘어놓고 커피를 주문해요. 커피를 마시면서 저를 한껏 칭찬해 줍니다. 글을 쓰겠다고 이불을 박차고 나왔으니까요! 커피는 글을 쓰는 저에게 주는 '당근'이에요. 그래서 당근, 집에 커피를 사다 두지 않아요. 여러분도 글을 한 편 완성할 때마다 자신에게 당근을 주면 어떨까요? 집 안에서 글을 쓸 때는 반드시 침대를 등지고 책상 앞에 앉습니다. 침대 위에 웅크리고 앉은 고양이가 시야에 들어오면 그때부터 집중력이 흐려져요. 고양이 팔자가 상팔자라는 생각이 점점 커지고 옆에 같이 눕고 싶어요. 책상을 흰색 붙박이장 모서리에 딱 붙이고 의자를 바짝 당긴 뒤 엉덩이와 허리에 힘을 주면 성공입니다.

자세를 잡으면 바로 글이 나올까요? 저는 대안 학교에서 고등학생에게 문학과 글쓰기를 가르치는데요, 학생들이 숙제로 낸 글 중에는 혹시 졸면서 쓴 게 아닐까 싶은 글도 있습니다. 분명히 글인데, 글이 아니에요. 이 말 했다가 저 말 했다가, 무슨 말을 하는지 알 수가 없습니다. 읽고 나면 메시지가 남지 않고 혼란스럽기만 해요.

이런 글을 쓴 학생에게 어떻게 글을 썼는지 물어보면 '되는 대로' 썼다는 대답을 심심찮게 들을 수 있어요. 쓰기 전에 쓸 내용에 관해 충분히 생각하고 흐름을 정돈해야 하는데 그 단계를 거치지 않고 곧바로 책상에 앉아버린 경우라고 할까요. 글을 쓰려면 몸을 쓰되, 머리도 함께 써야 해요.

한편 무슨 말을 하려는지 충분히 이해되지만 읽는 내내 지루하고 뻔한 글도 있어요. 글을 쓰는 데 들인 학생의 시간과 에너지와 그 글을 읽으며 쓰는 (저의) 시간과 에너지가 무척 아까워요. 글에 글쓴이의 생각은 없고 다른 사람의 생각만 있어요. 글을 읽고 또 읽어도 글쓴이만의 고유한 개성은 보이지 않고요. 하지만 학생들 탓만 할 수는 없어요. 학교 숙제는 기본이고 학원 숙제까지 소화해야 하는 생활 가운데 글을 썼다면 그것 자체가 대단한 일이지요.

그런데 책상에 딱 붙어 앉아서 배운 내용을 암기하

고 다섯 개의 선택지 중에 하나의 정답을 고르는 공부 기계의 삶만 반복하다 보면 생각이 점점 없어져요. 무념 무상으로 학교-학원-집을 오가는 일상에는 좌충우돌을 겪을 일이 없어요. 많은 학생이 이렇게 어제와 오늘이, 오늘과 내일이 비슷비슷한 매일을 반복합니다. 삶에 개성이 없으니 글도 거기서 거기일 수밖에요.

하지만 다른 사람들과 비슷해 보이는 하루를 보내더라도 다른 사람의 하루와 구별되는 나만의 순간이 있어요. 그 순간을 찾아내야 해요. 어디 한번 그런 글을 볼까요?

> 내 머리카락은 짝사랑 중이다. 왼쪽 머리카락은 오른쪽 머리카락을 짝사랑하고 있다. 왼쪽은 항상 오른쪽을 향해 안쪽으로 말려있고, 오른쪽은 왼쪽을 외면하며 바깥쪽으로 뻗어있다. 왼쪽이 불쌍한 나는 고데기로 오른쪽의 방향을 돌려보지만, 반항하는 듯이 더욱 힘차게 자신의 길을 가는 오른쪽이다. 왼쪽아, 미안하다."

바쁜 아침, 한쪽으로 뻗치는 머리, 마음대로 정돈되지 않는 머리 때문에 고생하고 속상했던 일은 누구나 겪

■ (소녀, 소년의 글 1) 임아희

을 수 있는 평범하고 흔한 경험이에요. 하지만 그렇기에 공감의 폭이 넓은 소재이기도 하죠. 이 글에서는 그냥 흘려보낼 수 있었던 일상의 사소한 경험을 포착해 재치 있게 풀어냈어요. 내 마음대로 안 되는 머리카락과 짝사랑을 연결한 아이디어가 빛납니다. 짧지만 읽는 맛이 있어서 나도 모르게 눈동자가 커지지요.

삶으로 지은 글은 심각하고 거창할 것으로 생각하기 쉽지만, 가볍고 예쁠 수도 있습니다. 이번에는 아래의 조금 긴 글 한 편을 볼게요.

확진자가 7000명을 넘어섰다는 기사를 보고 아무 생각도 아무 마음도 들지 않았다. 이미 삶은 무기력함에 빠져들었고 뭐 하나 잘 되는 것도 나아지는 것도 없는 날들의 연속이었다. 즐거운 오늘도 기대되는 내일도 없는 매일이었지만 마음 한편에는 1만큼의 희망이 있었다.
드라마나 영화에 주인공이 아무리 큰 위기에 처해도 주인공을 구해줄 무언가는 항상 존재했고 결말은 늘 해피엔딩일거라는 고정관념 같은 생각들이, 우리를 구해줄 히어로는 있을 것이고 결국엔 모든 게 제자리에 돌아올 것이라는 생각 또한 마음 한편에 자리 잡고 있었다. 정말 그런 것인지 우리에겐 의사라는 영웅이 존재했고 그들은 하나둘 우리의 삶을 되돌려 놓고 있었다. 고생 끝에 낙이 온다는 말처럼 그들의 헌신과 고생 끝에 묻혀만 왔던 우리의 낙들은 하나둘 돌아오기 시작했다. 그리고 이젠 삶의 무기력함을 묻고 다시 돌아온 낙을 펼칠 일만 남았다.

하지만 영화든 드라마든 언제나 변수가 존재하기 마련이다. 그리고 그 예상치 못한 변수가 또다시 우리 삶을 내리쳤다. '○○○ 클럽 코로나 확진자 발생' 고생 끝에 낙이 온다는 말은 어려운 일을 겪고 찾아오는 기쁨이 아니었다. 또다시 고통 속으로 떨어지는 낙일 뿐이었다. 그들은 한 번 더 바이러스란 악당에 맞서 밤낮없는 싸움을 치러야 할 것이고, 우리는 언제 끝날지 모르는 마스크 생활을 해야 할 것이다. 또한 계속 밀리는 개학과 수능을 기다리면서 방 안에만 박혀서 무기력한 일상을 반복할 것이다.

이런 상황 속에서 나 같은 사람이 할 수 있는 건 아무것도 없다. 백신을 만들 수도 사람을 살릴 수는 없지만 적어도 코로나19의 변수가 되어서는 안 된다. 낙과 낙. 우리는 이 사이를 반복하고 있지만, 그 끝엔 예상치 못한 이변이 아니라 뻔

| 한 해피 엔딩이 있기를 간절히 기다린다."

즐기는 '낙樂'과 떨어지는 '낙落'을 연결 지은 발상
이 재치가 있어요. 글의 표현처럼 코로나19로 인해 "즐
거운 오늘도 기대되는 내일도 없는" 일상에서 이런 글이
나올 수 있다니 놀라워요. 몸, 머리, 삶으로 지은 글이라
글쓴이의 마음이 읽는 이에게 고스란히 전해져요. 이렇
게 계속 글을 쓰면 돼요.

■ (소녀, 소년의 글 2) 이민주, 「낙과 낙」

내가 아니었다면 존재하지 않았을 이야기

여러분은 에세이를 아시나요? 에세이를 수필이라고도 하는데요, 사전에서 에세이나 수필을 찾으면 '일정한 형식을 따르지 않고 인생이나 자연 또는 일상생활에서의 느낌이나 체험을 생각나는 대로 쓴 산문 형식의 글'이라고 설명하고 있습니다. 이 설명을 읽으면 에세이는 감성적이고 가벼운 글인 듯싶은데, 자기주장이 분명하면서 논리적인 에세이도 있어요. 넓게 보면 '논술'도 에세이에 포함되죠. 에세이는 문학과 문학이 아닌 글 사이를 넘나드는, 박쥐 같은 글이라고 할까요.

저에게 글이란 곧 에세이예요. 저는 주로 에세이를 쓰거든요. 시, 소설, 희곡은 모두 20대에 딱 한 번씩만 써 봤어요. 연애할 때 감정이 과하게 풍부해져서 시를 썼는데, 생각만 해도 닭살이 뇌에까지 돋는 것 같네요(심지어 애인에게 그 시를 선물하기까지 했는데, 제발 쓰레기통에 버렸길). 청소년들이 공연할 희곡을 쓴 적도 있고, 대학교 4학년 때 큰맘 먹고 단편 소설을 완성하기도 했지만, 작품성이 있다고 말할 수는 없을 것 같아요. 저는 에세이가 가장 좋더라고요. 아마 에세이의 독특한 속성 때문일 거예요. 딱히 어떤 형식이나 틀에 맞출 필요 없이 저의 생각과 느낌을 적어 나가면 되니까 편해요. 쓰다 보면 자연스럽게 저만의 개성과 유머가 담겨서 좋고요.

저는 에세이를 쓰는 사람이니 에세이를 쓰는 방식으로 글쓰기를 설명하겠다는 점은 미리 말해둘게요. 앗, 소설 쓰고 싶은 소녀, 시나리오 작가가 되고 싶은 소년, 잠시만요. 가지 마세요. 에세이든 소설이든 드라마 대본이든 글쓰기의 기본 원리는 비슷하답니다.

'나'라는 사람의 손끝에서 탄생한 글은 세상에 단하나예요. 나라는 존재가 세상에 단 하나인 것처럼요. 남들은 대수롭지 않게 여기는 일을 그냥 넘기지 못하는, 감수성이 민감한 사람은 많았지만, 그 괴로움을 노래하는 일은 시인 윤동주의 전매특허가 되었어요. 「서시」에 "잎새에 이는 바람에도 / 나는 괴로워했다."라고 적은 구절은 영원히 윤동주의 것이에요. 불멸의 문장이고죠. 유한한 인간이 세상에 영원한 것을 남기다니, 놀랍지 않나요? 가끔 시인들은 사람이 아닌 것 같아요. '에이, 윤동주는 한국인이라면 모를 수가 없는 시인이고, 나는 그냥 학교 다니는 학생인데?' 맞아요. 하지만 그건 반만 맞는 말입니다. 윤동주도 여러분 나이 때는 교복 입고 학교 다니는 학생이었다는 사실을 잊지 말아요.

내가 아니면 쓸 수 없는 이야기가 있어요. 가볍든 무겁든, 심심풀이든 지구의 운명을 결정짓는 이야기든 내가 쓰지 않으면 세상에 존재하지 않을 이야기입니다. 그 이야기를 쓰면서 남들이 하지 않는, 하지 못한 생각을 글로 표현할 때의 환희는, 최고예요.

달리기는 싫어하지만
달리기 에세이는 좋아하는 사람

앞에서 저는 운동을 잘 못하고 운동 경기를 구경하는 일에도 별로 흥미를 못 느꼈다고 했는데요, 운동에 관한 이야기는 좋아합니다. 특히 제가 가장 무심한, 그러나 모든 운동의 기본이며 원초적인 운동인 '달리기' 이야기에 매력을 느껴요. 저와는 정반대로 사는 사람들의 이야기라 재미있어요. 저는 어지간해서는 달리지 않아요. 가장 최근에 달렸던 건 퇴근하면서 20분에 한 대가 올까 말까 한 버스를 놓치지 않으려고 1분 정도 전력 질주를 했던 일입니다.

겨우 몇십 미터를 달렸을 뿐이었는데 지구의 종말이 온 것 같았어요. 아무 데나 털썩 주저앉아 개처럼 혀를 내밀고 헉헉댔던 처지인지라, 저로서는 마라톤을 좋아하는 사람이 이해가 안 돼요. 하지만 마라톤을 좋아하는 사람이 쓴 글은 얼마나 매력적인지 몰라요. 일본을 넘어 세계적인 소설가로 인정받는 무라카미 하루키는

마라톤을 하는 작가로 유명합니다. 『달리기를 말할 때 내가 하고 싶은 이야기』라는 책도 썼다니까요. 규칙적으로 달리는 사람이니까 체력과 정신력 모두 탄탄하겠죠? 이런 이야기를 읽으면 목구멍의 가장 깊은 곳에서부터 진심으로 멋지다는 감탄이 저절로 터져 나와요.

우리나라 작가 중에는 소설도 쓰고 시도 쓰고 에세이도 쓰는 김연수 작가가 달리기에 진심인 걸로 알려져 있는데요, 깜빡거리는 횡단보도 앞에서조차 어지간해서는 달리지 않는 저 같은 사람도 달리기에 반하게 만드는 문장을 쓰는 작가랍니다. 그의 에세이 『지지 않는다는 말』에는 달리기와 대조적인 '후달리기'에 관한 이야기가 나오는데요, 달리기는 자기가 원해서 하는 행위인 반면에 후달리기는 다른 사람이 요구해서 억지로 하는 행위라고 합니다. 원하는 것만 하면서 살 수 없다는 사실을 우리는 이미 알고 있죠. 그는 안 되는 것이 되는 것보다 훨씬 많은 인생을 뭐 하러 사나 싶지만, 작가라는 직업은 적어도 후달리지 않으면서 살 수는 있다고, 그러면 계속 살아갈 수 있다고 말합니다.

와, 달리기를 하면 철학자가 되나 봐요! 어른이 하는 말이라서 공감이 덜 된다면 달리기의 재미에 관해 여러분 또래가 쓴 글을 보여 드릴게요. 이 글의 주인공은 우연히 달리기를 하기 시작해 나중에는 20킬로미터 달리기까지 도전하게 됐던 경험을 썼어요. 이 글은 문장 끝에 당연히 있어야 할 마침표가 심심찮게 증발하는가 하면 맞춤법과 띄어쓰기 따위는 안중에도 없다는 듯한 '날것'의 표현도 군데군데 보여요. 하지만 이 글이 특별한 이유는 달리기를 경험한 '나', 그 경험을 통해 이전과 달라진 '나'가 없었다면 세상에 존재하지 않았을 글이기 때문입니다.

> 머릿속엔 이미 끝났다는 생각이 확 들었다 근데 또 마침 동생이 파스 가지고 왔다고 닥치고 뛰란다 그래서 뛰었다 뿌리고 이제 7km 그 친구 집을 지나고 그 근처가 또 왕숙천이었다 왕숙천으로 싹 들어갔는데 강바람에 그 한기가 딱 오는데 하필 그때 또 추워서 호흡하기가 정말 어려웠다 혹시 아나 추울 때 뛰거나 자전거를 타면 눈에 눈물이 고인다 와~진짜 미치는 줄 알았다 종아리엔 통증이 온다, 그거 닦으랴 호흡하랴 진짜 무슨 고문인 줄 알았다 근데 어떻게 집 갈 방법도 없는데… 그 근처 버스 정류장도 없었다 카드도 없었다 그냥 뛰었다 그니까 거의 반강제 수준이었던 것이다 8km쯤 현대아울렛 쪽이었다 반도 안 왔는데 그냥 죽을 것 같았다 아니다 그냥 죽을까 생각했다 그냥 집까지 가자는 생각으로 집 쪽

으로 다시 달렸다 되돌아 간데 아닌가 현대아울렛에서 우리 집 가는 방향이 따로 있다, 무슨 우연인지 오르막길이다… 걷기엔 너무 자존심 상해서 천천히라도 뛰자 해서 천천히 뛰었다. 천천히 뛰어도 종아리의 아픔 그것은 진짜 참을 수가 없었다. 근데 어떻게 참아야지… 그때가 10km쯤 왔을 때다 반 온 거다 겨우 그래도 사나이가 오기가 있어야지 하면서 일부러 크게 돌아가려 했다 진짜 크게 돌아서 갔다. 그래도 15km는 채우자 가다가 가다가 딱 갑자기 진짜 몸이 확 풀리는 느낌이 들면서 종아리 아픈 거 숨 막히는 게 이상하게 싹 가셨다 오?? 20km 하겠는데 이때 멈춰야 됐다. 그게 계속 유지가 되는 게 아니라 풀렸다가 다시 확 오고를 반복할 줄은 생각도 못했다. 그래서 집 가는 방향을 틀어서 집에서 반대 방향 갔다 다시 몸에 긴장이 돌아왔는데 무릎 뒤쪽에 통증이 살살 온다고 그렇게 한 10분쯤 버티고 다시 긴장이 풀린다 그것 때문에 또 그냥 달린다 그렇게 무려 15km나 왔다 진짜 5km만 더…."

■ (소녀, 소년의 글 3) 이성진, 「조금만 더 조금만 더」 중에서

(1 누가 쓰는가)

나에게서 시작해 남을 거쳐
다시 나로 돌아오는 글

왼쪽 글은 글쓴이가 저의 수업 시간에 숙제로 제출한 글이었어요. 제가 숙제를 내지 않았다면 존재하지 않았을 글이라고나 할까요. 다시 읽어도 숙제를 내길 참 잘했다는 생각이 드네요. 글을 쓰고 싶지 않은 학생에게 글을 써내라고 하면 '후달리기'가 되어 버리기 쉬운데, 이 글은 운이 좋았어요. 글쓴이가 최근에 달리기를 했고, 그 경험이 생생한 상태라 글을 써 보고 싶다고 생각했던 거죠. 글쓴이는 저에게 말했어요. 글을 쓰면서 재미있었다고요. '후달리기'일 뻔했던 글이 '달리기'가 된 거죠. 글을 쓰면서 재미를 느꼈다니, 선생인 저도 할 일 다 했네요.

이 글에는 우연히 달리기를 시작한 사람의 생각, 느낌, 몸과 마음의 변화, 한 번의 달리기에서 끝나지 않고 계속 달리게 된 과정, 이를 통해 깨달은 성찰 등이 담겼어요. 글을 읽으면 바람을 맞으며 강변을 달리는 어떤 소년의 그림이 머릿속에 그려져요. 그가 자기 한계를 극복하며 달리는 장면에서는 읽는 사람도 심장이 빨리 뛰면서 숨이 가쁜 기분이 들어요. 글쓴이는 자기 경험을 썼을 뿐인데, 글을 읽는 나는 왜 이런 기분이 드는 걸까요? 글을 읽고 나면 감히 달리고 싶다는 생각은 들지 않지만, 무엇인가에 도전해 보고 싶다는 마음이 드는 이유는 뭘까요?

글은 글을 쓰는 '나'에게서 탄생하지만 결국 글을 읽는 다른 '나'에게로 향해요. 글은 자기 생각과 느낌을 담지만, 오직 자기로만 그득한 글은 좋은 글이라고 할 수 없어요. 읽는 이를 배려하지 않았으니까요. 글은 쓴 사람과 읽는 사람 사이의 의사소통입니다. 내가 전하려는 내용을 읽는 사람이 잘 이해할 수 있도록 쓰지 않는다면 모두 잠든 한밤중에 갑자기 소리를 꽥 내지르는 일과 다를 바가 없겠죠. 자기 표현과 의사소통의 줄타기를 잘해야 제대로 된 글이라고 할 수 있어요. 내 생각과 느낌이 없이는 글을 쓸 수 없지만, 내 생각과 느낌을 내 멋대로 표현한다고 좋은 글이 되는 건 아닙니다.

　　글쓴이가 글을 쓰는 과정에서 재미를 느끼면 읽는 이도 재미를 느낍니다. 쓰는 재미와 읽는 재미가 팡팡 터지죠. 이 글의 독자는 글쓴이와 같이 수업을 듣는 학생들인데, 독자들이 글쓴이에게 재미있다고 말하는 순간 글쓴이는 발가락 끝까지 뿌듯해요. 글이 다시 글쓴이에게 돌아가는 순간이죠. 만약에 글쓴이가 이 글을 어떤 매체에 싣고 원고료를 받았다면, 더 많은 독자에게 재미와 감동을 선물한 보람을 느끼는 동시에 돈까지 벌어서 기쁠 거예요. 물론, 그러려면 마침표를 제대로 찍고 문장을 다듬어야겠지만요. 글은 나에게서 출발해 남을 거쳐 다시 나에게로 돌아옵니다. 이 과정에서 쌓인 기쁨과 보람은 글쓴이가 다시 글을 쓰는 자리로 돌아올 힘을 줄 거예요.

　　내가 나라면 글을 쓸 수 있어요. 글을 쓰기 위한 출발점은 이걸로 충분해요.

2

왜 쓰는가

#좋아하는 일 #글쓰기 욕망 #잘하고 싶은 마음

#계기 #용기 #나다움 #화내는 글

#거리 두기 #자기 긍정 #재미 #먹고살기

글은 왜 쓸까요? 이 질문에 대한 대답은 여러 가지예요. 글을 쓰는 사람마다 제각각 다른 이유가 있거든요. "글을 쓰는 걸 좋아하니까, 재미있으니까 쓴다고 했잖아요?" 맞아요. 하지만 반만 맞는 말이에요. 글을 쓰고 싶지 않지만 써야 하는 경우도 있거든. 소녀, 소년이 학교에서 글쓰기를 배우는 것도 그런 이유에서랍니다. 지금부터 하나씩 살펴볼까요?

재미도 있고 돈도 벌고

이제 진실과 마주할 시간입니다. 심호흡을 하고, 가슴에 손을 얹은 뒤에 자기 자신에게 "나는 글을 왜 쓰는가?" 하고 물어보세요. 10초 정도 기다려도 아무 소리가 들리지 않는다면 질문할 사람을 잘못 고른 거예요. 이 질문은 자기가 원해서 글을 쓰는 사람에게만 의미가 있거든요. 글을 쓰지 않는 사람은 이런 질문 자체를 하지 않아요. 글쓰기는 의식적이고 자발적인 활동이기 때문에 "숙제라서." 같은 답변은 앞뒤가 맞지 않습니다. 하지만 현실은 냉정하죠. 소녀, 소년 대부분은 학교에서 글쓰기 숙제를 내 줬기 때문에 글을 써요.

앞 장의 끝부분에서 저는 이 질문에 대한 힌트를 흘렸어요. 우리는 자기 의지와 상관없이 숙제를 해결하고 점수를 받기 위해 글을 쓰기 시작했지만, 막상 쓰다 보니 글쓰기에 재미를 느낀 소년의 글을 읽었어요. 이 소년에게 "글을 왜 쓰는가?" 하고 묻는다면 처음에는

"숙제라서."라고 대답할 거예요. 하지만 이 소년이 숙제를 하며 맛본 글쓰기의 재미를 다시 느끼고 싶어서 누가 시키지도 않았는데 글을 또 쓴다면, 그때는 아마 "재미있어서."라고 대답할 거예요. 이제 소년에게 글쓰기는 명확한 이유가 있는 행동이 된 거죠. 이 소년처럼, 사람들이 글을 쓰는 첫 번째 이유는 재미있어서랍니다.

여러분은 앞으로 어떤 일을 하면서 살아갈 계획인가요? 지금은 구체적인 계획이 없는 게 당연한데, 성인이 되면 뭐든 해서 먹고살아야 한다는 현실이 닥치잖아요. 이럴 때 단골 질문이 "좋아하는 일을 하면서 돈도 벌 수 있나요?"인데, 안 좋아하는 일보다는 좋아하는 일을 하는 편이 훨씬 재미있을 테니까 선택의 폭이 자연스럽게 좁혀지네요. 물론, 좋아하는 일도 매일 아침 9시에 출근해서 저녁 6시까지 하면 재미고 뭐고 없더라…… 하는 의견도 적지 않아요. 그런데 좋아하는 일을 하면서 돈도 '많이' 벌 수 있냐고 다시 묻는다면, 글쎄요. 저도 돈을 많이 버는 사람은 아니라서, 점점 제가 대답할 수 없는 방향으로 가고 있네요. 그래도 글을 써서 돈을 벌고는 있어요.

저는 좀 이른 나이에 글을 써서 돈을 벌어 봤어요. 1989년, 제가 열다섯 살일 때 10만 원을 벌었어요. 그 당시 중학생에게 10만 원은 엄청 큰돈이었습니다. 통계청의 '소비자물가지수(kostat.go.kr/cpi/)'에서 계산해 보니까 지금의 30만 원 정도 되네요. 와, 30만 원이면 2022년 기준으로 우리 집 중학생의 용돈 10개월 치네요. 중학생이 글을 써서 1년 치 용돈에 육박하는 돈을 받다니, 놀랍죠? 에너지관리공단(지금은 한국에너지공단으로 이름이 바뀌었습니다)에서 에너지 절약 수기를 공모했는데 아마 학교 선생님이 써 보라고 하셨거나, 학교에서 에너지 절약 글쓰기 대회를 했는데 제 작품이 뽑혀서 응모를 했거나, 둘 중 하나였을 거예요. 요즘 말로 '공모전'을 제가 막 찾아내서 응모하진 않았어요. 그때는 지금처럼 진학에 도움이 될까 싶어서 공모전 수상 경력을 만들던 시절이 아니었거든요.

집안 형편 때문에 정기적인 용돈 없이 지내던 중학생에게 10만 원은 예상을 뛰어넘는 엄청난 수입이었어요. 덤으로 번듯한 상패와 상장에다가 수상자들의 작품을 모은 책자까지 받았어요. 10만 원은 엄마 지갑으로 슬그머니 들어갔고 30년의 세월이 흐르는 사이 상패와 상장도 없어졌지만, 그 책자는 아직도 남아 있답니다. '중학생 때 썼던 글이니까 유치하지 않을까?' 창고를 뒤져 찾아낸 그 글을 부끄러움을 무릅쓰고 다시 읽었어요. 세상에, 깜짝 놀랐어요. 저는 제가 에너지 절약을 위해 태어난 사람인 줄 몰랐습니다. 독자에게 심각하고 진지하게 에너지 절약을 종용하더라고요. 에너지를 낭비하는 사람을 찾아내 엄벌을 내릴 듯한 결기가 줄줄 흘렀어요. '어머나, 이렇게 뻔하고 뻔뻔한 글을 쓰고 그렇게 큰돈을 받았단 말이야?' 충격적이었습니다. 하지만 함께 중등부 우수상을 받은 부산 부일여자중학교(지금은 신라중학교로 이름이 바뀌었다네요)의 정○신 학생이나 부산 구포여자중학교(지금은 가람중학교로 이름이 바뀌었대요)의 박○인 학생도 저와 마찬가지로 거룩하고 경건한 목소리로 에너지 절약을 강조한 걸 보고 그나마 위안을 받았답니다.

　1980년대 말이라는 시대적인 배경을 고려하면, 에너지는 무조건 아끼는 게 대세였어요. 재생 에너지는 아직 전국적으로 보급되기 전이었고요. 당시에 제가 썼던 글은 요즘 말로 표현하면 정의 사회를 구현하자, 바르게 살자, 근면 성실하자…… 틀린 말은 아니지만 좀 하나마나 한 이야기였습니다. 하지만 저는 그 글로 돈을 버는 경험을 했어요. 글쓰기가 재미있을 뿐만 아니라 계속 글을 쓰면 돈을 벌 수 있겠다는, 확실한 자극을 받았죠. 이 자리를 빌려 다시 한번 에너지관리공단에 진심으로 감사드립니다.

나는 왜 안 썼는가 vs 나는 왜 쓰는가

글을 쓰면서 재미도 맛보고 돈도 벌어 봤으니 이제 본격적으로 글을 쓰면 되겠죠? 그런데 저는 거기서 그만 멈췄어요. 사람은 자기를 객관적으로 보기가 쉽지 않지만, 그래도 다른 사람보다는 내가 자기 자신에 대해서 더 많이 알아요. 제가 보기에 인간 정혜덕은 글쓰기를 좋아하고 재능도 있는 것 같았어요. 하지만 글을 쓰는 일을 직업으로 삼겠다는 생각은 안 했습니다.

저는 지난 30년 동안 글을 쓰지 않고 살았던 저에게 왜 글을 안 썼는지 물어봤어요. 대답은 간단했습니다. "쫄아서." 본격적으로 글쓰기에 뛰어들었다가 잘 못하면 어떡하지? 걱정이 되었어요. 세상은 넓고 글 잘 쓰는 사람은 많으니까요. 당장 집 앞 서점에만 가 봐도 알 수가 있잖아요. 서점의 책장에 줄줄이 꽂힌 책들, 그 수많은 저자들의 틈을 비집고 들어갈 자신이 없었습니다. 그래서 대학에 진학할 때 글쓰기가 전공인 문예창작과

를 선택하지도 않았고, 글과 언어에 대해 집중적으로 배우는 국어국문학과도 피했어요. 하지만 글쓰기에 대한 관심을 완전히 끌 수는 없어서 국어교육과에 진학했습니다. 국어교육과에서는 국어와 국문학을 배우면서 이 두 가지를 어떻게 가르칠 것인지에 대해서도 배우고, 교사라는 직업이 주는 안정감도 나쁘지 않으니까 겁쟁이에게는 나름대로 적당한 선택이었어요.

대학생이 될 즈음에 신문사에서 주최하는 '신춘문예'에 작품이 선정되면 자신을 글 쓰는 사람으로 세상에 알리고 인정받을 수 있다는 사실을 알았어요. 우리 집은 당연하고 옆집, 앞집, 뒷집, 온 동네가 읽는 신문에 작품이 실린다니 생각만 해도…… 더 쫄았죠. 신춘문예는 경쟁률이 어마어마하고 상금도 컸어요. 주로 단편 소설, 시, 희곡을 뽑았는데 제가 쓸 수 있는 글이 아닌 거예요. 왜 에세이는, 산문은 안 뽑는지 모르겠더라고요. 문학 평론이라는 분야가 있긴 했지만, 당선작을 읽어 보면 무슨 소린지 이해가 안 되었어요. 훌륭한 글은 이렇게 어려운가? 와, 에너지관리공단이 큰 잘못을 한 겁니다. 중학생에게 10만 원을 쥐여 주고 "중학생이여, 꿈을 가져라!" 하고는 절벽에서 밀어 버린 느낌이라고 할까요.

제가 30년 동안 쫄면으로 살았던 이유는 '글을 써서 먹고살 자신이 없었다.'라는 말로 정리가 되네요. 먹고사는 문제는 정말 중요하잖아요. 내가 원하는 꿈을 이루기 위해서라면 하루에 한 끼만 먹어도 상관없다는 사람도 있지만, 저는 한 끼만 건너뛰어도 손이 달달 떨리고 삶의 의욕이 줄어들거든요. 그래서 감히 배고픈 작가가 될 엄두를 못 냈어요. 그런데 세상은 넓고 나와 다른 사람은 참 많잖아요? 표도르 도스토옙스키라는 작가가 있어요. 그는 러시아를 대표하는 작가인 동시에 세계적으로 사랑받는 작품을 남겼는데요, 소설을 별로 안 좋아하는 저도 그의 『죄와 벌』과 『카라마조프가의 형제들』은 읽었으니까 진짜 위대한 작가라고 할 수 있죠.

러시아 사람이 도스토옙스키를 모르기는 어려워요. 하지만 저를 아는 러시아 사람은 아마 한 명도 없을 거예요. 그는 유명하다는 점에서도 저와 다르지만, 글을 써서 먹고살 수 있다는 확신에 차 있었다는 점도 완전히 달라요. 그 자신감이 어느 정도냐 하면, 글을 쓰기 위해 안정적인 직업을 때려치웠을 정도였어요. 공병 학교를 졸업하고 군 장교로 임관했으니까 직업 군인이 된 셈인데, 어떻게 그런 자리를 박차고 나와 글을 쓰기로 마음을 먹었는지 놀라워요. 그런데 재미있는 사실은, 이 작가가 경제관념이 부족해도 한참 부족했다는 사실이에요. 도박도 좋아했고, 빚도 많이 졌고, 그래서 주위 사람들에게 돈을 꿔 달라는 부탁을 수도 없이 했대요. 심지어 원고료를 미리 받아서 다 써 버리기도 했다네요. 글을 써서 돈을 벌 수 있다는 자신감에다가 빚에 대한 압박감까지 글쓰기의 연료로 사용한 거예요. 여러 의미에서 정말 대단하죠? 지금 이 순간에도 어느 카페의 구석 자리에 앉아 꿈을 이루기 위해서, 좋아하는 글쓰기로 돈을 벌기 위해서 자판을 두드리는 이들을 응원해요(저도 지금 그러고 있는 중이고요).

유명 작가 이야기를 하나 더 하려고 해요. 여러분은 조지 오웰이라는 작가를 아시나요? 『동물농장』이라는 풍자 소설을 쓴 영국의 작가예요. 비판적이고 풍자적인 소설 중에서 이 소설은 단연 최고라고 생각하는데요, 조지 오웰은 에세이도 대단해요. '멋지다' '훌륭하다' '감동적이다' 같은 말로는 설명이 부족해요. 에세이 작가들이 가장 좋아하는 에세이 작가를 뽑는다면 조지 오웰이 뽑히지 않을까 싶은데요, 그는 「나는 왜 쓰는가」라는 에세이에서 작가들이 왜 글을 쓰는지에 대해서 네 가지로 이유를 설명했어요. 그리고 그 설명을 시작하기 전에 '생계 수단의 필요성', 곧 '돈을 벌기 위해서'는 제외한다고 말해요. 중요하지 않아서 빼는 게 아니죠. 돈을 벌려고 글을 쓴다는 사실은 도스토옙스키 같은 작가에게만 해당하는 일이 아니라, 글을 쓰는 모든 이들의 기본적인 욕구예요. 많이 버느냐 적게 버느냐는 그다음 문제죠.

오웰은 아주 어린 나이였을 때 자신이 장차 작가가 되리라는 것을 알았다고 해요. 아주 어린 나이란, 우리가 "왜? 왜? 왜?" 하면서 엄마, 아빠를 쫓아다니던 시기를 말해요. 저는 그때가 잘 기억도 안 나는데 말이죠. 그는 청소년기에 접어들면서 자신이 어떤 글을 쓰고 싶어 하는지 깨닫기 시작하는데요, 이때의 중요성을 다음과 같이 설명합니다.

> 작가는 글을 쓰기 시작하기 전에 이미 어떤 감정적 태도를 갖게 되고, 결코 여기에서 완벽하게 벗어날 수 없다. (중략) 작가가 어린 시절의 영향에서 완전히 벗어난다면 글을 쓰고 싶다는 충동 자체를 잃게 될 것이다.*

우리가 소녀, 소년인 시절에 형성되는 감정적 태도가 글쓰기에 영향을 끼친다는 거죠. 정말 그럴까요? 제 생각에는 오웰의 말이 맞는 것 같아요. 요즘 제가 쓰는 에세이는 (에너

■ 조지 오웰, 『조지 오웰 산문선』, 허진 옮김, 열린책들, 2020, 10~11쪽.

지관리공단 수상집에 들어간 작품을 제외하고) 30년 전 청소년 시절에 썼던 글과 비교했을 때 스타일이 크게 다르지 않아요. 저는 제 경험에 기초해 소소하게 웃기면서 때로는 진지하고 가끔 쫀쫀한 비유가 들어간, 삶에서 겉돌지 않는 글을 쓰고 싶거든요. 어떤 글을 쓰고 싶다는 마음이 없으면 매일 글을 쓰기가 어려워요. 저를 글을 쓰는 자리에 앉게 만드는 힘은 제가 남을 흉내 내거나 부러워하지 않고 저다운 글을 쓰고 있다는 인식에서 나오거든요.

오웰은 글을 쓰는 동기로 네 가지를 꼽았는데요, 첫째, 순전한 자기만족. 둘째, 아름다움을 표현하려는 열정. 셋째, 기록으로 남기려는 충동. 넷째, 정치적 목적입니다. 이 네 가지 동기가 얼마만큼 강한지는 작가마다 다르고, 같은 작가라도 해도 처한 상황에 따라 그 비율이 때때로 달라질 거라고 하네요. 아무것도 적히지 않은 빈 화면에 빼곡히 글자를 적으면 뿌듯하잖아요. 우리 집 고양이의 우아한 자태를 글로 표현하고 싶어서 이렇게도 써 보고 저렇게도 써 보는 거죠. 태어나서 처음으로 친구들과 함께 PC방, 노래방, 보드게임 카페에 간 날 어떤 기분이었는지 기록해 두지 않으면 잊기 쉽죠.

오웰이 설명한 글쓰기의 동기 중 앞의 세 가지는 충분히 이해가 되는데, 네 번째 '정치적 목적'은 과연 뭘까요?

화가 나서 쓴다

오웰의 이 말을 제 식으로 풀면 '화가 나서 쓴다'로 바꿀 수 있어요. 사소하게 기분이 나빠서 삐지는 것도 화에 포함되지만, 더 심각한 화도 있어요. 부당한 일, 억울한 일, 기막힌 일을 당하면 제대로 단단히 화가 나요. 화도 에너지라서 그 에너지를 바탕으로 글을 쓸 수 있어요. 불의한 세상에 대한 분노를 글로 풀어 내는 거죠.

지금으로부터 100년 전, 한반도의 주권은 일본에 있었어요. 일본은 조선을 식민지로 삼았고, 조선 사람들은 나라 잃은 설움에 시달렸어요. 하지만 당시 사람들이 일제의 침략을 수수방관하며 무기력하게 지내기만 한 건 아니에요. 1919년 3월 1일, 거리로 나와 태극기를 꺼내 들고 "대한 독립 만세!"를 외쳤답니다. 3·1 운동이 있기 전, 1919년 2월에 일본에 건너가 공부하고 있던 조선 유학생들이 일본의 수도인 도쿄 기독교청년회관에서 독립 선언서를 낭독했어요. 이 2·8 독립 선언서는 3·1 운동

때 낭독한 기미 독립 선언서보다 더 분명하고 뜨거운 어조로 민족의 분노를 표현했어요. 일부분을 읽어 볼까요?

> 우리 겨레는 정당한 방법으로 우리 겨레의 자유를 추구할 것이나 만일 이로써 성공치 못하면 우리 겨레는 생존의 권리를 위하야 온갖 자유 행동을 취하여 마지막 한 사람까지 자유를 위하는 뜨거운 피를 흩뿌릴지니 어찌 동양 평화의 화근이 아니리오. 우리 민족은 일병이 없어라. 우리 겨레는 병력으로써 일본에게 저항할 실력이 없어라. 그러나 일본이 만일 우리 겨레의 정당한 요구에 불응한다면 우리 겨레는 일본에 대하여 영원한 혈전을 선언하리라.*

식민지 백성으로 살아 본 적이 없는 제가 당시 사람들의 처지를 헤아리기는 어려워요. 하지만 제대로 싸우려면 훈련된 군인이나 무기가 있어야 하는데, 그런 것이 없더라도 마지막 한 사람까지 자유를 위해 피 흘리겠다고 하잖아요. 이 글에는 진하게 농축된 화가 담겼어요. 이 글을 낭독하는 사람도 듣는 사람도 심장이 쿵쾅거렸을 거예요.

■ 위키문헌, 「2·8 독립선언서」 https://ko.wikisource.org/wiki/2·8독립선언서

이런 거대한 의분과 비교할 수는 없지만, 살면서 제대로 화가 났던 적이 있었어요. 저 자신과 주위 사람들, 이 세상 모두에 화가 났어요. 저는 결혼한 지 2년 뒤에 첫아이를 낳았는데요, 아이가 스스로 말도 하고 제 말도 알아들어서 상호작용할 수 있는 사람으로 느껴지는 상태가 되기까지는 최소 3년 이상의 시간이 걸렸어요. 아이 셋을 낳아서 키우는 동안 10년이 훌렁 지나갔습니다. 30대를 육아에 바친 거죠.

육아는 생각과 달리 너무 힘들었어요. 수학 최상위 블랙 라벨 문제는 열 번을 풀어서 안 풀리면 내 능력으로는 못 푸는구나, 어깨 한 번 으쓱하고 손을 떼면 되잖아요. 그런데 육아는 사람을 기르는 거니까 중간에 포기할 수도 없고 도망갈 길도 없었어요. 육아가 힘들다는 사실 자체보다 이 힘든 걸 아무도 제대로 안 알려 줬다는 사실이 더 기가 막혔습니다. 도대체 이 중요한 걸 왜 가르쳐 주지 않은 걸까요?

세 아이를 키우려다 보니 하던 일을 그만두어야 했어요. 일과 육아를 병행하는 사람도 있지만, 저는 체력이 달려서 못 하겠더라고요. 하기 싫어서가 아니라 하고 싶어도 할 수가 없어서 일을 그만두었기 때문에 속상했어요. 속상한 마음이 쌓이고 쌓이니까 몸도 마음도 점점 바닥으로 가라앉더라고요. 일상을 버텨 낼 힘이 천천히 사라졌어요.

우울감에 젖으면 평소에 잘하던 일도 하기가 힘들어요. 삶의 의욕이 줄어들어서 이래도 흥 저래도 흥 심드렁해지다가 자기 연민에 빠집니다. 어떤 일에도 관심이 없고 오직 자기 자신만 불쌍히 여길 뿐이죠. 그러다가 어느 순간 저 자신에 대해서 화가 나기 시작했어요. 너무 한심해서요. 제 희생의 수혜자가 된 가족에게도 화가 났는데 최종적으로는 저나 가족만 탓할 일이 아니라는 걸 알았어요.

그때부터는 눈에 보이지 않는 우리 사회에도 본격적으로 화가 났어요. 제대로 화가 나니까 글을 쓰지 않을 수가 없었어요! 글쓰기에 재미를 느끼고 처음으로 돈도 번 경험을 한 지 30년이 지난 뒤에야 드디어 다시 글을 쓸 마음이 생겼어요. 아이들이 잠든 밤에 마음속 증기 기관을 돌려 글을 썼고, 책으로 엮었습니다.

내가 부당한 일을 당하는 처지가 되면 화가 나는 건 당연한데, 내가 아니라 남이 당하는 때에도 화가 날 수 있어요. 아랫글은 『사랑할까, 먹을까』라는 책을 읽고 공장식 축산에 대해 생각해 보게 된 소녀의 글 중 일부입니다.

> 최근 다큐멘터리 〈동물을 먹는다는 것에 대하여〉를 시청했다. 지금까지 글로만 보았던 공장식 축산의 실태가 내 눈앞에 펼쳐져 있었다. 닭은 기

계에 매달려 머리가 뚝뚝 잘려 나간다. 쉽게, 빠르게, 그리고 간단하게. 저녁에는 아빠가 소고기를 구워주셨다. 레어를 좋아하던 나는 육즙에 집착했는데, 이젠 육즙이 피로 보이기 시작했다. 도저히 먹을 수가 없었다. 배부르다고 거짓말하고는 침대에 멍하니 누웠다. '고기는 못 먹겠다.' 페스코테리언이 되기로 마음먹었다. 이건 미국에서나 가능한 일인가? 급식에서 고기를 받지 않으면 남은 선택지는 김치와 현미밥 정도였다. 약속 자리에 나가도 삼겹살만이 나를 반겼다. 간판 속의 돼지는 웃고 있는데, 내가 먹는 돼지는 웃지 않는다. 고기를 먹지 않으려고 냉면을 시켰는데, 내 앞접시에는 고기가 듬뿍듬뿍 쌓였다. "제가 고기를 잘 안 먹어요." 라는 말엔 "한국인이 삼겹살을 안 먹는다는 것은 김치를 안 먹는 거랑 같은 거야" 라는 말만 돌아왔다. 분위기를 깨고 싶지 않아서 주어진 만큼의 고기만 먹었다. 대한민국 사회에서 소수는 이상한 사람이 된다. 고기를 안 먹을 권리는 주어지지 않는다. 고기가 식탁에 오르기까지의 과정을 알고도 모른 체 해야 할까?"

■ (소녀, 소년의 글 4) 김은영(가명), 「어떻게 먹을 것인가」 중에서

글쓴이는 자기 의사를 말로 표현할 수 없는 동물에게도 고통받지 않을 권리가 있다는 사실에 눈을 떴어요. 남의 문제가 나의 문제가 되면 해결을 위해 먼저 나의 삶을 들여다보게 되고, 바꾸고 싶어집니다. 세상을 나 혼자 살아갈 수 없음을 알고 다른 존재의 행복이 나의 행복에도 영향을 끼친다는 사실을 깨달으면 글을 통해 세상을 바꾸는 꿈을 꾸게 되어요.

글로 화내는 법

화가 나자마자 글을 쓰는 건 상당히 위험합니다. 격한 감정이 글에 그대로 담기는데, 그 글이 일기라면 상관없지만 다른 사람과 공유하는 글이라면 좀 더 신중할 필요가 있죠. 이럴 때는 화가 났던 상황을 천천히 그리고 자세히 설명한 다음에 화가 난 이유를 씁니다. 화가 난 당시에는 격한 감정 때문에 나를 화나게 한 상황과 이유가 한데 엉키기 쉬운데, 시간을 조금 두고 난 뒤에는 상황이 보다 객관적으로 그려지고, 그 둘을 분리해서 쓸 수 있게 됩니다. 이렇게 되면 화가 난 이유도 명확해져요. 다듬어진 글은 읽는 이의 이해와 공감을 얻을 가능성이 크죠. 내 분노를 유발한 당사자에게 전하는 글이라면 더 말할 필요도 없고요.

잘 먹고 잘 살기를 꿈꾼다?

새해가 되면 서로 새해 복 많이 받으라는 덕담을 나누죠. 복이 뭘까요? 꽃길만 걷고, 행복하게 오래오래 잘 먹고 잘 사는 거라고 생각하면 해피 엔딩 일색인 동화의 결말 같아요. 동화 같은 핑크빛 미래까지는 아니더라도 당장 생존을 위해서는 적은 돈이나마 필요하겠죠? 소녀, 소년이 지금 학교에서 공부를 하는 이유도 굳이 따져 보자면 자기 힘으로 먹고살기 위해서인데, 아무래도 돈이 적은 편보다는 많은 쪽을 더 복 받은 걸로 여기기 쉬워요. 우리는 자본주의 경제 체제 속에서 살고 있으니까요.

돈만 있으면 무엇이든 할 수 있는 세상, 자유롭고 편안하게 살 수 있는 삶이 펼쳐진다고 생각하면, 돈을 '많이' 벌 능력이 모자란 사람은 행복하기 어렵겠죠. 이런 사회에서는 어떻게든 좋은 성적을 받고 유명한 학교에 진학해서 돈을 많이 버는 직업을 갖는 것이 답일 거예요. 대한민국 고등학교의 최상위권 학생들이 의과 대학에 진학하려고 하는 현실이 그 증거죠.

철학자 고병권 선생님은 『생각한다는 것』이라는 책에서 진학과 입시를 위한 공부가 공부의 전부가 아니라고 해요. 다른 공부가 있다는 거죠. 우리는 흔히 습관이나 편견에 젖은 생각을 하기 쉬운데요, 이런 뻔한 생각으로는 '자유롭게' 살 수 없다고 해요. 다르게 생각하고 다르게 살아가는 것은 우리가 뭔가를 깨달았을 때, 즉 공부할 때 가능하다고 합니다. '공부'라는 말만 들어도 몸이 부르르 떨리고 속이 메스껍고 어지러운 소녀, 소년에게 이 진정한 공부의 세계를 알려 주고 싶은데요, 글쓰기는 바로 이 공부의 기본이자 완성이랍니다.

'이럴 줄 알았어! 이 말 저 말 돌려 말하더니 결국 우리에게 또 공부를 시키려고?' 여러분의 강력한 의심의 눈빛이 제 피부에 뜨끔뜨끔하게 와 닿네요. 합리적인 의심입니다. 학년이 올라갈수록 글쓰기라는 단어만 꺼내도 "아, 논술?" 하는 반응이 나오거든요. 대학 입시라는 색안경을 끼고 글쓰기를 바라보면 그렇게 보일 수도 있어요. 논술은 자기의 생각을 논리적으로 쓰는 거니까, 말이 되게 써야 하잖아요. 그러기 위해서는 우선 자기 생각이 분명해야 하고, 그 생각을 뒷받침하는 타당한 근거를 제시할 수 있어야 합니다. 실제로 대학별 논술 고사 문제는 "〈제시문 다〉의 실험 결과를 바탕으로 〈제시문 가〉와 〈제시문 나〉의 관점을 평가하시오."처럼 나와요. 아이고, 슬슬 머리가 아프네요. 하지만 딱히 관심도 없는 주제에 대해 논리적으로 글을 쓰라고 강요할 생각은 전혀 없으니 안심하세요. 저에게 글쓰기는 논술이라기보다 수다에 가까워요.

앞에서 저는 글을 쓰면 재미있고, 운이 좋으면 돈도 벌 수 있다고 했어요. 화가 나는 일이 있으면 그 화를 에너지 삼아 글을 써서 세상을 바꿀 꿈을 꿀 수도 있다고요. 하지만 글 쓸 시간에 수학 문제 하나라도 더 풀고 영어 단어 하나라도 더 외우는 게 이득이고, 재미는 유예하고 세상일에 관심 끄고 집-학교-학원만 왔다 갔다 해야 성적도 오르고 좋은 학교도 갈 수 있지 않느냐고 묻는다면 그 말에도 고개가 끄덕여져요. 틀린 말은 아니니까요.

하지만 소녀, 소년의 인생은 10대에서 끝나지 않는다는 사실을 기억해 주세요. 인생은 예측 불허하다고 해요. 우리가 최소 100년을 산다고 가정할 때 앞으로 어떤 일이 닥칠지 알 수 없잖아요? 세상은 나를 중심으로 돌아가지 않아요. 내가 원하는 대로 성공한 인생을 산다는 법은 없어요. 심지어 살다 보면, 나 자신이 기계의 부속품이나 오락실의 펀치 머신처럼 하잘것없고 만만하게 느껴질 때가 닥쳐요. 혼자 감당하기 어려운 일을 만나면 하소연할 사람이 절실하죠. 그런데 어렵게 이야기를 꺼냈건만

외려 별것도 아닌 일로 찡찡댄다는 소리를 듣거나, 섣부른 조언을 듣고 마음을 다치면 괴로움은 1+1이 됩니다.

마음 둘 곳이 없을 때, 글쓰기는 놀라운 마법을 발휘해요. 속에서 들끓는 말을 화면이나 종이에 옮기기만 해도 기분이 한결 나아진답니다. 폭풍이 몰아쳐 사나워진 파도처럼 감정이 요동칠 때, 그 감정을 글자로 옮기면 속이 시원해지죠.

물론, 떡볶이를 먹거나 쇼핑을 하거나 게임에 몰두할 수도 있어요. 하지만 괴로운 순간에 내 마음을 글로 옮기면, 그로부터 시간이 지나고 나서 마법을 사용할 수 있게 돼요. 좀 민망하지만 내가 쓴 글을 읽어 보는 거죠. 그러면 당시의 나를 좀 더 '객관적'으로 바라볼 수 있어요. 어차피 나라는 존재는 주관적인데 굳이 객관적일 필요가 있냐고요?

> 슬픔이 언어가 되면 슬픔은 나를 삼키지 못한다. 그 대신 내가 슬픔을 '본다'. 쓰기 전의 슬픔은 나 자신이었지만 쓰고 난 후에는 내게서 분리된다. 손으로 공을 굴리듯, 그것은 내가 가지고 놀 수 있는 무엇이 된다.*

■ 이윤주, 『어떻게 쓰지 않을 수 있겠어요』, 위즈덤하우스, 2021, 22쪽.

슬플 때는 펑펑 울어야 시원하지만, 하룻밤을 꼬박 울어도 풀리지 않는 슬픔은 밀물처럼 나를 덮쳐요. 슬픔에 익사할 수 있는 거죠. 슬픔을 비롯한 나의 감정을 객관적으로 바라보면, 그 감정의 무게에 더는 짓눌리지 않을 수 있어요. 이윤주 작가의 말처럼, 내가 가지고 놀 수 있는 손안의 공처럼 작아져 다룰 만해집니다. 자기를 먹이고 씻기고 입히며 몸을 돌보듯이 글을 쓰며 마음을 살피면 남이 어깨를 툭 치고 지나가도 쉽게 부서지지 않을 수 있어요. 나의 성적, 성과에 상관없이 나를 보듬기 위해서, 자책이나 반성을 하기 위해서가 아니라 있는 그대로의 나를 위로하고 긍정하기 위해서 글을 쓰는 거죠. 아랫글을 쓴 소녀처럼요.

> 가끔 나를 가장 잘 알아야 하는 내가 나를 모르겠고, 나를 가장 사랑해야 할 내가 나를 싫어할 때가 있다. 가끔 그렇다. 가끔이 아닌 운 좋은 날엔 나를 알려고 하기보다 남을 신경 쓰고 나를 사랑하기보단 사랑받으려 애쓴다. 나에게 '가끔'이 있기에 나를 사랑하려 애쓴다. '가끔'이 있어줘서 고맙지만 '가끔'이 두렵다.'

■ 〈소녀, 소년의 글 5〉 서하

2 왜 쓰는가

공부를 잘하고 성적이 좋아야
만 잘 먹고 잘 살 수 있는 건 아
니에요. 우리가 평생에 걸쳐
넘어야 할 고비는 잊을
만하면 또 나와요. 눈
앞의 목표를 향해 전력 질
주를 되풀이하면 오히려 몸과 마음이 탈탈 털려 번아웃
을 경험할 확률이 높죠. 이보다는 자기를 돌볼 수 있는
사람이 더 잘 먹고 잘 살 수 있을 거예요. 글쓰기의 치유
적·치료적 가치는 이미 학문적으로도 입증되었답니다.

쓰다 보면 재미+α를 찾는다

저는 학교에서 학생들에게 글쓰기의 재미를 경험하게 해 주려고 몇 가지를 시도했는데, 그중에서 '세 문장 쓰기'가 반응이 좋아요. 세 문장 쓰기는 말 그대로 세 문장을 쓰는 거예요. A4 세 장도 아니고 세 문단도 아니니까 부담이 적죠. 일주일에 서너 번씩, 학생들에게 하루에 세 문장을 쓰게 했어요. 처음에는 학생들이 달랑 세 문장만 썼어요. 세 문장을 쓰라는데 굳이 네 문장, 다섯 문장을 쓸 필요는 없으니까요. 그런데 시간이 지나면서 어떤 학생들은 세 문장으로는 자기 생각과 느낌을 다 담을 수 없다는 사실을 알고 몇 문장을 더 쓰기 시작했어요. 아랫글처럼요.

> 저번에 독서실에서 누군가의 울음소리가 들렸다. 누군가는 시끄러웠겠지만 난 얼마나 힘들면 울까? 무슨 일일까? 라는 생각이 들면서 위로해

주고 싶었다. 왜냐하면 나도 고3 전이나 그쯤 힘들어서 울고 있을지도 모르고 남일 같지 않았다. 고등학생이라는 것이 이렇게 부담이 되는 것인지 몰랐는데 중학생과는 전혀 다르다. 비록 독서실에선 알지도 못하고 누군지도 몰라서 위로해 줄 수 없었지만, 내 친구들에게 위로해주고 위로받고 싶다."

수업 시간에 이런 글을 읽어 주면 모두 깜짝 놀라요. '내 옆자리에 앉은 친구가 이런 글을 썼다고?' 갑자기 사람이 달라 보이죠. 글쓴이는 글쓴이대로 친구들의 예상치 못한 감탄에 뿌듯하고요. 이런 글에는 글쓴이의 개성이 담기기 때문에 한 편 한 편이 매력적이랍니다. 비록 숙제로 쓴 짧은 글이지만 글을 쓰면서 재미를 느끼고 힘과 위로를 경험하면 '어디 한번 좀 더 써 볼까?' 하는 마음이 생겨요.

이 마음을 살살 키워서 수행 평가 글쓰기 과제에 도전할 수 있어요. 점수를 잘 받기 위해서가 아니라, 내 글쓰기 실력을 한 단계 끌어올릴 기회로 활용하는 거죠. 한 편의 완결된 글을 쓰기 위해서는 거쳐야 할 과정이 적

■ 〈소녀, 소년의 글 6〉 지유빈

지 않지만, 그건 글을 쓰면서 얼마든지 헤쳐 나갈 수 있어요. 중요한 건 글을 쓰겠다는 마음, 글에 내 생각을 담겠다는 의지예요. 그 의지가 없으면 글을 쓸 수 없어요. 쓰고 싶지 않은데 글을 쓰면 글이 아니라 '귿'이 되어요. '귿'은 국어사전에도 없는 말이에요. 아무것도 아니라는 거죠. 쓰는 사람도 괴롭고 읽는 사람도 짜증 나는 '귿'은 쓰지 말자고요.

글 아닌 귿 쓰는 법

분량을 늘리려고 같은 말을 자꾸 반복하기, 확실한 입장을 정하지 않고 이랬다저랬다 하기, 출처를 알 수 없는 이야기를 근거로 제시하기, 문제에 대해 구체적인 대안을 제시하지 않기, 자기 성찰은 없고 남만 비판하기, 처음부터 끝까지 예상을 벗어나지 않고 뻔하기…… 한번 빠지면 벗어나기 어려운 세계로군요. 우리 함께 귿의 세계에서 탈출해요!

생각하고 느낀 것을 글로 표현하는 능력은 중·고등학교를 졸업한 뒤에도 꽤 유용해요. 대학생이 되면 매 학기 과제로 보고서를 제출하고, 대부분은 학위를 마치기 위해서 졸업 논문을 써요. 그리고 내가 원하는 회사나 조직에 들어가기 위해 자기 소개서를 수도 없이 쓰지요. 거기서 끝나지 않습니다. 취업이 되면 업무 보고서를 쓰고 사업이나 창업 자금을 유치하기 위해서 기획서를 쓰죠. 사실, 글쓰기는 잘 먹고 잘 사는 데 도움이 되는 능력입니다. '아니, 그럼 처음부터 그렇게 말을 할 것이지, 왜 빙빙 돌렸데?' 글쎄 말이에요. 우리 생각이 자꾸 돈을 많이 버는 쪽으로만 기울기 쉬워서, 이런 실용적인 목적은 살짝 뒤로 밀었죠. 이와 관련해서는 이 책의 6장 「어떻게 쓰는가」에서 더 자세히 설명할게요.

우리는 잘 먹고 잘 살기 위해서 글을 쓸 수 있어요. 단지 돈을 많이 벌기 위해서가 아니라, 재미를 누리고 다른 존재들과 함께 살아갈 힘을 얻고 나를 돌보기 위해서요. 글쓰기라는 행복을 맛보는 만찬에 소녀, 소년을 초대합니다.

3

언제 쓰는가

#마감을 하자   #글쓰기 자신감   #간직하는 법
#시간아 멈춰라   #일상의 작은 순간들   #꾸준함
#시간 절약   #피할 수 없다면 써라

글은 언제 쓸까요? 소녀, 소년이 학교에서 글쓰기 과제를 받았을 때를 떠올려 보세요. 과제 마감 전날 저녁에 시계를 힐끔거리며 글을 썼던 경험을 한 번쯤은 했을 텐데요, 집중력이 최고점을 찍었을 때 글을 쓴 거예요. '영감'은 '마감' 시간에 온답니다. 그런데 누가 시켜서가 아니라 스스로 원해서 자발적으로 글을 쓴다면 어떨까요? 아마 시간을 아끼고 아껴서 글을 쓰는 데 사용할 거예요. 글을 쓰면 시간이 순식간에 지나가거든요. 더 잘 쓰고 싶다는 마음이 든다면 매일 꾸준히 시간을 내서 글을 쓸지도 몰라요.

설마, 매일 쓴다?

운동선수는 매일 운동하겠죠? 화가도 눈을 뜨면 작업실로 향할 테고요. 만약 일주일에 두 번만 피아노를 친다면 피아노 연주를 취미 삼아 하는 사람일 거예요. 글쓰기도 마찬가지예요. 저도 가능하면 매일 글을 쓰려고 노력합니다. 하지만 글을 쓰는 자리에 앉는다고 글이 막 써지진 않아요. 글은 생각을 정리한 뒤에야 쓸 수 있거든요. 키보드를 두드리는 시간은 당연히 글을 쓰는 시간이라고 말할 수 있겠지만, 쓸 내용에 관해 생각하고 생각을 다듬는 데 사용한 시간도 글을 쓰는 시간이라고 말하고 싶어요. 저는 책을 펴낼 목적으로 글을 쓰는 경우, 스스로 정한 기간 동안 일정한 패턴으로 글을 씁니다. 일주일에 사흘은 집중적으로 키보드를 두드리고, 이틀은 학교로 출근해 수업을 해야 하니 그보다는 덜 두드리고, 나머지 이틀인 주말에는 주중에 채 쓰지 못한 부분을 보충해요. 적고 보니 정말 매일 쓰는 셈이네요.

앞에서 일기 이야기를 했는데요, 만약 지금 저에게 일기를 검사하겠다고 말해 주는 선생님이 있다면 저는 진심에서 우러나오는 감사를 담아 90도로 인사를 할 거예요. 여기에는 나름대로 안타까운 진실이 숨어 있답니다. 어른이 되면 내가 할 일을 내 마음대로 자유롭게 선택할 수 있는데, 어른도 일을 하기보다는 놀고 싶고, 노는 데 자유를 쓰고 싶거든요. 글쓰기는 즐거운 일이지만 노는 것보다 즐거울 순 없죠. 하지만 놀면 더 놀고 싶고, 점점 글은 못 쓰죠. 한창 신나게 놀고 있는데 뒤에서 목덜미를 확 낚아채며 글을 내놓으라는 사람이 나타날 일은 결코 없어요. 저는 이미 자유에 책임이 따르는 어른의 세계에 살고 있으니까요. 결국 놀기를 포기하고 쓴웃음을 지으며 컴퓨터 앞에 앉으면 그때부터 시시각각 글을 내놓으라고 독촉하는 소리가 들리죠. 다른 사람 목소리도 아니고 제 목소리로요. "아, 옛날이여!" 선생님께 일기 검사를 받을 때가 좋았어요.

글이라는 걸 써 볼까 말까 하는 소녀, 소년에게 이런 말씀 드리면 확 겁을 먹을 것 같아서 망설여지지만, 솔직하게 말할게요. 어쩌다 한 번 글을 썼다고 쳐요. 그 글을 쓰면서 예상하지 못한 재미를 느꼈어요. 두근두근하는 마음으로 친구들이나 주변 사람들에게 보여 줬는데 오, 반응이 좋아요. 하지만 그 글 한 편을 잘 썼다고 해서 다음 편도 잘 쓴다는 보장은 없어요. 거기에서 멈추면 그냥 글 '한 편을' 잘 쓴 사람일 뿐이죠. 그리고 그다음 편은 오히려 망할 확률이 높아요. 원작보다 더 재미있는 2편이 드문 것처럼요. 전보다 못 쓸 걸 예상하면서 글을 쓰는 사람은 예상대로 망하겠죠? 하지만 두 번이나 글을 쓰는 자리에 앉았으니까 세 번 앉기는 훨씬 쉽죠. 잘 쓰고 못 쓰고를 떠나서 꾸준히 쓰면 쓰는 행위 자체에 대한 부담이 슬슬 줄어듭니다. 자신감도 생기고요.

그런데 문제는 이 과정을 매일 반복하기가 쉽지 않다는 거예요. 누가 시켜서 할 수 있는 일도 아니고요. 누가 저에게 매일 아침 5킬로미터 조깅을 하라고 시킨다면 저는 그 사람 종아리에 매달려서 죽어도 못한다고 질질 짜든, 신발장에 있는 운동화를 모두 갖다 버리든, 제가 할 수 있는 수단과 방법을 모두 동원해서 조깅을 하지 않을 방법을 찾을 거예요. 달리고 싶지 않은 사람을 억지로 달리게 할 방법은 없어요. 마찬가지로 글을 쓰고 싶다는 욕구가 조금이라도 있는 사람만이 글을 쓰는 자리에 앉습니다. 하루에 단 한 문장만 쓴다고 해도, 어제 쓴 열 문장이 마음에 들지 않아서 다 지우더라도, 용감하게 글을 계속 쓸 힘은 자기 자신에게서 나와요.

작가 박철현은 소녀, 소년을 위한 글쓰기 안내서 『쓴다는 것』에서 하루에 한 시간씩 시간을 내서 글을 쓰는 습관을 길러 보라고 제안해요. 박 작가님은 글만 쓰는 분이 아니라 먹고살기 위해 다양한 일을 하는 분이에요. 저는 박 작가님의 글을 무척 좋아하는데요, 삶 따로 글 따로인 글이 아니라 노동 현장에서 보고 듣고 경험한 내용을 토대로 글을 쓰거든요. 그래서 글이 겉돌지 않고 생생해요. 힘든 하루를 마치고 이불 속으로 파고들어야 할 몸을 의자에 앉혀 몇 시간씩 글을 쓰는 박 작가님을 존경하지 않을 수 없어요. 박 작가님은 본인의 경험을 토대로 소녀, 소년에게 매일 한 시간 글쓰기를 제안한 건데, 이런 자세로는 글이 아니라 뭐라도 다 잘할 수 있을 거 같아요.

성적이 좋든 나쁘든 대한민국에서 청소년기를 보내는 소녀, 소년이라면 대부분 공부에 부담을 느낍니다. 학교에서 공부하든, 혹은 학교 밖에서 공부하든 10대는 공부하는 나이로 정해 놓았잖아요. 물론 20대나 30대에 공부를 시작하는 청년도 있고, 80세가 넘어서 대학에 진학하는 어르신도 있지만, 아무래도 부모님의 돌봄을 받으면서 공부에만 전념할 수 있는 시기는 바로 지금, 여러분이 지나고 있는 청소년기죠. 저마다 입장과 상황에 따라 공부를 조금 할 수도 있고 많이 할 수도 있지만 소녀, 소년은 학교에 다니고 공부를 하는 처지이다 보니 하루에 한 시간씩 글을 쓰라는 박 작가님의 제안은 무척 멋지지만 많은 청소년이 도전을 머뭇거릴 것 같아요. 달리기가 건강에 좋다는 사실은 알고 있지만, 매일 아침 5킬로미터를 달리라고 하면 "그냥 덜 건강하게 살래요." 하는 말이 목구멍 밑에서 튀어나오려는 것과 비슷하다고 할까요? 저는 대한민국에서 살아가는 소녀, 소년의 상황을 고려해서 조금 다른 제안을 하려고 합니다.

시간이 멈췄을 때 쓴다

첫째, 시간이 멈췄을 때 글을 씁니다. 여기서 시간이 멈췄다는 말은 특별한 경험을 했다는 뜻이에요. 매일 똑같은 일상을 살라고 하면 지겨워서 못 살아요. 어제도 오늘도 심지어 내일도 똑같은 반찬만 먹으면 삶의 의욕이 떨어집니다. 매일 오가는 길에서 평소 모습과 다른 무언가가 눈에 들어왔을 때, 우리는 자기도 모르게 잠시 걸음을 멈춥니다. 그때에도 시간은 계속 흘러가고 있지만, 우리 마음속 시곗바늘은 순간적으로 정지합니다. 시간이 멈췄다고 느끼는 순간이에요. 이런 순간이 다가올 때, 어떤 이들은 목적지를 향해 걷기를 미루고 그 자리에 머무르며 시간을 좀 더 쓰죠.

최근에 시간이 멈춘 느낌을 받은 적은 지난 주말이네요. 일요일에 저녁으로 즉석 떡볶이를 배달시켜 먹었어요. 만두와 김말이, 삶은 달걀을 추가한 즉석 떡볶이였습니다. 즉석 떡볶이를 배달시켜 먹은 건 번지 점프를 하거나 로또 1등에 당첨되는 것만큼 특별한 일은 아니지요. 제가 주문한 떡볶이 가게는 우리 동네에서 꽤 유명하지만, 그렇다고 해서 세계 최고의 떡볶이집이라고 할 정도는 역시 아니고요. 하지만 즉석 떡볶이를 시켰을 뿐인데 분명히 시간이 멈췄습니다. 떡볶이를 주문하기 전에 김을 구운 덕분이죠.

저는 기분이 처지거나 무기력해지려고 하면 단순하고 반복적인 일을 찾아서 해요. 그 일에 집중하다 보면 천천히 잡생각이 증발하고, 일의 성과가 차곡차곡 쌓일 때쯤에는 뿌듯한 기분마저 들거든요. 김을 구우면 축축했던 마음이 바삭해져요. 평소에는 바빠서 구워 놓은 김을 사다 먹지만, 지난 일요일에는 일부러 마트에서 세일하는 김을 샀어요. 프라이팬을 가스레인지에 올리고 김을 두 장씩 겹쳐서 두 번 뒤집어 구웠어요. 100장을 다 굽는 데 30분쯤 걸렸나 봐요. 절반은 김무침을 만들고 나머지 절반은 잘라서 통에 담았는데, 오래간만에 김을 구웠으니 즉석 떡볶이를 먹고 남은 국물에 밥을 볶아 먹을 수 있겠다는 생각이 들었죠. 마침내 도착한 떡볶이를 끓여 건더기를 후다닥 건져 먹고 찬밥과 갓 구운 바삭한 김, 그리고 참기름을 넣어 볶았어요. 김을 굽는 동안 마음은 이미 바삭바삭해졌고 볶음밥을 먹는 동안 고소하고 달짝지근한 포만감이 드니 천국이 따로 없던데

요? 저만 천국에 들어가지 않고 식구들과 함께 들어가서 더 좋았죠.

시간이 멈췄다고 하기에는 너무 단순하고 소박한가요? 시간과 돈이 많이 드는 엄청난 경험을 할 때만 시간이 정지하지 않는다는 사실을 말하고 싶어서 김 굽는 이야기를 했어요. 물론, 시간이 멈추는 경험을 하기 위해 오랜 기간 준비하기도 합니다. 저는 2019년 여름에 스페인 바르셀로나에 갔었는데요, 거기에서 세계적인 건축가인 안토니오 가우디가 1882년에 짓기 시작해 지금도 짓고 있는 사그라다 파밀리아 성당을 방문했어요. 그 성당 안에서 서쪽 창의 스테인드글라스를 통해 들어오는 색색의 빛을 보는 순간, 시간이 멈추더라고요. 성당 안에 머물며 빛이 시가 되고 시가 기둥과 벽과 창문이 된다는 사실을 발견했어요.

시간이 멈췄을 때의 경험은 글의 좋은 재료가 됩니다. 이 말은 특별한 경험이 없이는 글을 쓰기 어렵다는 말과도 같아요. 좋은 경험, 나쁜 경험, 기쁜 경험, 슬픈 경험, 아기자기한 경험, 강렬한 경험 등 한순간의 사건부터 크레이프케이크처럼 시간을 차곡차곡 쌓아 만든 경험까지 경험의 세계는 다양합니다. 아무 재료가 없는데 도구만으로 요리를 할 수 없듯이 경험이 없이는 글을 쓸 수 없어요. 나의 마음속 시계가 멈춘 적은 언제인지, 기억나지 않는다면 여기서 책을 덮고, 단 1초라도 특별한 순간을 마음에 담은 뒤에 다시 돌아오세요. 중요한 건 경험으로 끝내는 게 아니라 경험을 재료 삼아 글을 쓰는 겁니다.

특별한 순간을 만드는 법

의외로 쉽습니다. 한 번에 한 가지 일만 하는 거예요. 밥을 먹을 때는 밥만 먹고, 음악을 들을 때는 음악만 듣고, 친구와 이야기를 할 때는 이야기에 집중하는 식으로요. 그래야 감각이 활짝 열리거든요. 이 바쁜 세상을 살면서 동시에 세 가지는 할 수 있어야 한다고요? 그랬다가는 소중한 순간들을 놓칠지도 몰라요. 이와는 반대로 아무 생각 없이 지내는 시간도 필요해요. 공원 벤치에 앉아서 흘러가는 구름을 멍하니 바라보거나 눈을 감고 바람 소리에 몸을 맡겨 보세요. 집 근처 골목길을 무작정 걷는 것도 좋아요. 나도 모르는 사이에 생각이 자유롭게 들락날락할 구멍이 생겨요. 그 틈으로 평소에는 보이지 않던 장면도 보일 거예요.

시간을 아껴서 쓴다

둘째, 시간을 아껴서 글을 씁니다. 시간은 요물이에요. 지루할 때는 제발 가라고 손을 싹싹 빌어도 안 가는데, 정작 필요할 때는 솜사탕 녹듯 없어지죠. 수업 시간에 학생들에게 질문을 하라고 말을 건넨 뒤에는 시간이 너무 안 가요. 아무도 말하지 않는 침묵의 시간이 가장 천천히 가는 것 같아요. 반면에 등교 시간 10분 전에 눈을 떴을 때는 시곗바늘이 쇼트 트랙 주자들처럼 돌지 않나요?

제가 소녀였던 시절에는 돈을 아껴 쓰라는 말은 거의 들은 적이 없었어요. 정기적으로 용돈을 받는 처지가 아니었기 때문에 아끼고 말고 할 게 없었죠. 반면에 시간을 아끼라는 말은 부모님뿐만 아니라 학교 선생님과 주변 어른들께도 자주 들었습니다. 그 말을 들으면서 속으로 '시간을 아끼라는 말은 그만하셔도 되는데.' 할 때가 많았어요. 이미 시간을 아껴서 친구들과 떡볶이를 먹으러 가고, 동네를 쏘다니고, 남자 친구도 사귀고, 드라마도 열심히 보고, 짬짬이 공부도 했으니까요. 혹시 그때 어른들이 하셨던 말씀은 나에게 주어진 시간을 아끼고 아껴서 공부하는 데 쓰라는 말씀이었던 걸까요? 설마 그럴 리가요. 사람이 무슨 기계도 아니고, 어떻게 공부만 하나요. 제가 눈치가 좀 없는 편이긴 합니다만, 아무튼 저는 나름대로 시간을 아꼈다고 자부합니다. 흠흠.

지금도 저는 시간을 아껴야 글을 쓸 수 있는 처지입니다. 이건 여러분과도 비슷하다고 할 수 있네요. 소녀, 소년들은 제가 소녀였던 때처럼 공부도 하고 친구랑 놀기도 하고 게임도 하고 좋아하는 연예인 '덕질'도 해야 하잖아요? 저는 가사·육아 노동자이기 때문에 저를 포함해 식구 다섯 명이 세끼 밥을 먹을 수 있도록 장을 보고 요리를 해야 해요. 집안일 3종 세트라고 불리는 청소, 빨래, 설거지를 오롯이 제가 다 하진 않지만, 절반 이상은 하죠. 일주일에 두 번 학교에 가서 학생들을 가르치니까 수업 준비도 해야 하고요. 일만 하고 살 순 없으니까 친구랑 놀기도 하고 취미 생활도 즐기는데 이걸 다 하다 보면 글은 언제 쓰나 하는 생각이 드네요. 그래서 방금 말한 것들을 조금씩 '덜' 합니다. 다람쥐가 도토리를 모으듯이 시간을 야금야금 모아서 글을 써요.

오늘의 우리가 살아가는 세상, 특히 도시의 삶은 무척 바쁘고 분주합니다. 출근이나 퇴근 시간에 거리를 오가는 사람들은 잔뜩 화난 것처럼 바삐 걸어갑니다. 하늘을 바라보며 여유롭게 걷는 모습은 보기 어려워요. 안 바쁘면 백수나 루저일 거라고 생각하죠. 바쁨이 미덕이 된 삶을 살면 실용적인 생각만 살아남아요. 돈이 안 되는 일에 애쓸 필요 없다는 무언의 압력을 받습니다. 그런 압력에 눌리면 글을 쓸 수 없어요. 내 마음속에서 아직 언어의 옷을 입지 않고 덩어리로 뭉쳐 있는 생각과 고여 있는 감정을 천천히 풀어내기 위해서는 분주한 삶에 환기구를 뚫어야 합니다. 바쁜 가운데 아낀 시간을 헐어서 한 문장씩 적어 나가는 순간은 가장 무용한 동시에 유용한 시간이 됩니다.

덧붙이고 싶은 말이 하나 있어요. 시간이 없는데 순간적으로 단어나 문장이 머릿속을 스쳐 지나갈 때가 있어요. 또는 꼭 글로 쓰면 좋겠다는 장면을 만날 때가 있어요. 이럴 때 핸드폰은 유용한 도구가 됩니다. 어디서든 메모를 하거나 사진을 찍을 수 있으니까요. 심지어 사진이 메모를 대신하기도 하지요. 학교에서 수업을 할 때, 제가 칠판에 적은 글씨를 노트에 필기하는 게 아니라 핸드폰으로 촬영하는 학생이 있더라고요. 수고스럽게 손으로 기록할 필요 없이 촬영 버튼 한 번만 누르면 되니까 훨씬 간편하죠. 저도 언제부터인가 메모하는 대신에 핸드폰을 꺼내 사진을 찍는 경우가 더 많아졌어요.

그런데 이렇게 찍은 사진도 결국에는 따로 기록하거나 정리해야 하더라고요. 그런 과정을 거치지 않으면 기억되지 않고 사라져서, 요즘은 오히려 다시 메모를 하려고 애쓰는 편입니다. 저는 여러분과 달리 돌아서면 잊어버리는 나이라, 시간이 멈추는 경험을 해도 메모를 해 놓지 않으면 글을 쓰기 어렵더라고요. 이 사실은 나이를 먹을수록 더 분명해져요. 한 편의 글을 쓸 시간은 마련하기 어려워도 메모하는 데 쓸 1분은 언제든 낼 수 있지요. 말이 나온 김에 지금 메모를 해 볼까요?

시간에 맞춰서 쓴다

글을 쓰는 사람들은 종종 '마감'의 압박을 받습니다. 신문이나 잡지, 소셜 미디어 같은 매체에서 글을 써달라는 원고 청탁을 받거나 책을 출판하는 계약을 할 때 원고 마감 날짜도 정해지는데요, 마감 날짜를 지키는 것은 글을 쓰는 사람에게 가장 기본이며 꼭 지켜야 할 약속이에요. 마감은 기쁨입니다. 내 글의 가치를 제삼자에게 인정받았다는 증거니까요. 그런데 이 기쁨은 마감이 정해지는 순간에만 달콤했다가 다음 날부터 손톱 밑에 박힌 가시가 됩니다. 중간고사, 기말고사가 다가오는 것처럼, 하루하루 지날 때마다 글을 써야 한다는 압박감과 이에 따라 점증하는 부담감에 시달려요. 뭐든지 미리미리 준비하고 계획하면 잘 해낼 수 있을 것 같지만, 글은 준비를 많이 한다고 다 잘 써지지는 않아요. 내가 글을 통해서 전하려는 생각, 곧 '주제'가 확실하게 정해지지 않은 상태에서 노트북을 켜면 글이 산을 넘고 바다를 건너 안드로메다로 가요. 제가 가르치는 학생들에게 하던 잔소리를 저 자신에게 할 차례인 거죠. "이 글에서 ○○님이 하고 싶은 말은 도대체 무엇일까요?" 생각이 정리되지 않고 오히려 점점 꼬일 때면 지구에 부딪힐 혜성이 나타났으면 좋겠다고 빌게 됩니다.

쓸 말이 정리가 안 되었을 때는 두 갈래 길을 만납니다. 왼쪽 길은 쓰면서 생각을 정리하고, 쓰면서 새로운 생각을 떠올릴 수도 있는 길이에요. 저는 처음에 이 길로 많이 갔어요. 글을 쓸 시간이 많지 않은데 글은 빨리 완성하고 싶었어요. 한마디로 마음이 급했던 거죠. 저는 잡다한 일을 하는 사람이고, 호기심이 많고 관심 분야도 다양한 편이라 글도 잡다해요. 그래서 자칫 잘못하면 산과 바다를 다 건너뛰고 안드로메다로 직행하기 쉬워요. 지금은 대부분 오른쪽 길로 갑니다. 쓰기 전에 충분히 생각을 해요. 생각이 차오를 때까지 기다리는 게 중요합니다. 시간을 넉넉히 두고 요리조리 생각해 봅니다. 그런 뒤에 내가 하려는 말에 일관된 흐름이 있는지 따져 봐요. 그 흐름을 지도를 그리듯 메모합니다. 출발지와 도착지가 확실하고 중간에 지나는 길도 정해지면 글을 쓰는 데 얼마나 걸릴지 예측이 됩니다. 이럴 때는 마감이 등 뒤에서 부는 바람처럼 저를 밀어 올려요.

제가 썼던 글은 모두 마감 덕분에 완성되었고 세상

에 나왔습니다. 아무도 저에게 원고를 청탁하지 않았던 때에는 제가 스스로 마감을 만들었어요. 글을 쓰기 시작한 2017년부터 일주일에 한 편, 페이스북에 글을 올리겠다고 마음을 먹었습니다. 처음에는 일주일에 한 편이 별것 아니라고 생각했어요. 쓰고 싶은 글이 너무 많은데 일주일에 한 편 정도도 못 올릴까 싶었고요. 그런데 별것 맞더라고요. 머릿속에 든 생각이 노트북 화면에 바로 글자로 바뀌어 적힐 줄 알았는데 자꾸 '버퍼링'이 일어나는 거예요. 내 머릿속과 노트북 화면이 블루투스로 연결되어 있다고 착각한 거죠. 한번은 마감 시간인 일요일 저녁 11시가 겨우 15분 남았는데 도저히 글이 완성되질 않는 거예요. 이럴 때 머리를 쥐어뜯는다고 하잖아요? 그날 진짜로 머리를 쥐어뜯었어요. 그렇게 해서라도 글이 완성된다면 머리카락을 200개쯤 뽑아 제물로 바치겠다……. 하지만 그런다고 글이 완성되진 않으니, 나중엔 눈물까지 나더라고요. 내가 스스로 만든 마감을 지키기가 이렇게 어려울 줄 몰랐어요.

1년 동안 꾸준히 일주일에 한 편씩 글을 완성하고 그 글을 온라인에 게시하면서 변화가 생겼어요. 어쩌다가 글을 쓰는 게 아니라 규칙적인 간격으로 글을 쓰는 습관이 생겼죠. 그리고 일정한 분량의 글을 쓰기가 전보다는 조금 수월해졌어요. 글을 온라인에 게시하면 댓글

이 달리는데, 제 글이 좋다는 댓글은 피로 해소제 같아서 글을 쓴 보람을 느끼게 해 주고, 내 글과 다른 생각을 적은 댓글은 제 생각을 좀 더 넓게 만들어 주는 역할을 하더라고요. 꾸준히 글을 써서 완성하는 데는 SNS가 확실히 도움이 됩니다.

한 가지 주의할 건 악플인데, 저는 유명한 사람이 아니다 보니 제 글은 구독자가 많지 않았고 악플도 상대적으로 덜 달렸던 게 아닌가 싶어요. 딱 한 번, 공격적인 댓글이 달렸던 적이 있어요. 모피 코트를 소재로 쓴 글이었는데, 좋은 모피를 얻기 위해 동물이 살아 있을 때 가죽을 벗기는 걸 모르냐는 댓글이 달렸어요. 그 댓글을 읽으면서 손가락질을 당하는 기분이 들었어요. 하지만 그 글을 쓸 당시에 저는 동물의 가죽을 산 채로 벗길 수도 있다는 생각은 전혀 못 했기 때문에, 제가 몰랐던 사실을 알려 주어서 고맙기도 했습니다(그분이 친절하게도 '네이버에 모피 만드는 법 검색'이라고까지 썼거든요). 그래서 "그 글을 쓸 당시에는 그런 사실까지는 알지 못했다. 모르는 것을 알려 주셔서 감사하다."라고 댓글을 달았죠.

규칙적으로 글을 써서 다른 사람들이 읽을 수 있게 만든다는 건 규칙적으로 마감을 만드는 일이고, '쓰는 루틴'에 나를 맞추는 일인 동시에 내가 쓴 글을 더 책임감 있게 살피는 걸 포함해요.

소녀, 소년도 글을 쓸 수밖에 없는 시간을 만나죠? 학교에서 수행 평가로 글쓰기 과제를 내 주잖아요. 심지어 국어 과목에서만 아니라 다른 과목에서도요. 숙제 좋아하는 사람이 어디 있겠냐만, 이런 과제가 평소에 글 쓸 일이 적은 소녀, 소년에게는 '마감'이 될 수 있어요 (실제로 제출 기한도 정해져 있습니다). 피할 수 없으면 즐기지 않고 죽은 척을 하고 싶지만, '이번 기회에 나의 글쓰기 실력을 온 천하에 알려 주겠다!'라고 속으로 크게 외치고 써 보는 거죠. 아랫글도 그렇게 쓴 글입니다.

"넌 내게 반했어." 그리고 내 기타 솔로 부분이 시작된다. 이 곡은 내가 처음으로 4학년 때 배운 솔로 부분이 있는 곡인 〈넌 내게 반했어〉이다. 그 전까지는 후렴이나 1절, 2절을 기타로 치는 것만 배워서 후렴구가 시작되는 기타 솔로는 그림의 떡이나 마찬가지였다. 입으로만 흥얼거릴 수 있었지, 기타로는 칠 수 없었는데 내가 직접 기타로 칠 수 있게 되다니 꿈만 같았다.

초등학교 1학년 때 나는 학교에서 6학년 선배들 밴드가 이 곡을 연주하는 것을 보았다. 아마도 처음 보는 밴드 라이브 연주였을 것이다. 그때 다른 악기들 소리는 잘 기억이 나지 않는데, 일렉기타의 소리가 특별히 기억에 남는다. 일렉기타의 날카롭지만 유쾌한 소리가 강한 관심을 주었다. 그리고 기타를 치는 선배가 멋지게 솔로를 연주하는 것이 마음에 들었다. 기타를 배우고 싶은 생각이 들었다.˝

이 글에는 한 소년이 무대에서 처음 기타를 솔로로 연주한 감격과 기타를 배우게 된 계기가 담겨 있어요. 글의 뒷부분에는 기타를 배우게 된 과정과 기타를 배우는 이유가 이어집니다. 학교에서 국어 시간에 수행 평가로 '경험을 바탕으로 한 글쓰기' 과제를 받지 않았다면 세상에 나오지 않았을 글이죠. 학교에서 내 준 과제는 단지 점수를 매기기 위한 것일 뿐일까요? 점수를 매기는 가장 쉽고 간편한 방법은 객관식 시험입니다. 이런 글쓰기 과제는 자기 경험을 바탕으로 생각하고 느낀 것을 글로 적는 경험이 소중하다는 것을 아는 선생님만 내 줍니다. 제가

■ (소녀, 소년의 글 7) 유신, 「난 기타에 반했어」 중에서

선생이라 선생님 편을 든다고요? 그것도 틀린 말은 아니네요. 하지만 '과제'라는 마감을 동원해서라도 여러분을 글쓰기의 세계로 초대하고 싶어 하는 선생님의 마음도 한번 살펴 주길.

미하엘 엔데의 소설 『모모』에서 호라 박사가 말했듯이 마음으로 느끼지 않은 시간은 모두 사라져 버려요. 그 시간을 붙잡아 글로 쓰면 없어지지 않는답니다.

4

어디에서 쓰는가

#글을 쓰는 자리 #집중 #틈틈이 딴짓하기

#블루투스 키보드 #자판을 두드리자

#혼자일 수 있는 곳 #'나' 사용법

글은 어디에서 쓸까요? 글은 쪼그리고 앉을 수만 있다면 어디에서든 쓸 수 있지만 특별히 잘 써지는 곳도 있어요. 글을 완성하기 전에는 나가지 못하는 방이 있다면 작가들이 줄을 설 텐데……. 저는 글을 잘 쓰고 싶어서 이곳저곳을 돌아다녔어요. 저와 함께 그 장소들을 방문해 봐요.

학교, 지하철, 작업실, 카페, 집의 책상, 그리고 침대

여러분은 혼자 있을 때 기분이 어떤가요? 학교에서 집으로 돌아왔더니 아무도 없더라……. 외롭고 쓸쓸한가요? 잔소리하는 사람, 방해하는 사람이 없으니 천국일까요? 게임도 하고 동영상도 보고 라면도 끓여 먹으며 혼자만의 시간을 만끽할 수 있겠죠. 우리는 원하든 원치 않든 여러 사람과 부대끼며 살 수밖에 없고, 그래서 혼자 있을 때 편안함을 느낍니다. 하지만 계속 혼자 있으면 문득 외롭고 쓸쓸해지죠.

글은 혼자 있을 때만 쓸 수 있습니다. 친구에게 내 생각을 말하는 중인데 친구가 처음에는 내 말을 들어 주는 듯하더니 자꾸 끼어든다고 생각해 보세요. 이러면 친구에게 짜증을 내든지 내 입을 닫든지 둘 중 하나를 선택할 수밖에 없습니다. 글을 쓰는 행위는 눈에 보이지 않는 독자에게 말하는 일이기 때문에 다른 사람에게 방해를 받으면 진도가 안 나가죠. 혹시 아무도 나에게 말을 걸어 주지 않아서 속상하다면 글을 쓰기에는 최적의 환경에 있는 셈이니까 너무 슬퍼하지 마세요.

저는 사람들과 어울리는 것도 좋아하지만 혼자 있는 것도 좋아해요. '짜장이냐, 짬뽕이냐' 하는 선택에서 둘 다 먹겠다고 '짬짜면'을 고르기보다 짜장면 한 번 먹었으면 그다음은 짬뽕을 선택하는 편이죠. 여럿이 함께 있을 때는 다른 사람들의 이야기를 듣는 재미를 누리고, 혼자가 되면 그 이야기를 글로 옮기는 재미를 또 누려요. 이 두 번째 재미를 누리기 위해 스스로 혼자가 됩니다. 혹시 혼자 글을 쓰는 재미를 누리고 싶다면 제가 글을 쓰는 장소를 구경시켜 드릴게요.

첫째, 학교입니다. 학교란 여러분에게는 공부를 하고 밥도 먹고 친구들과 어울리고 가끔 졸다가 자기도 하는 공간이죠? 저에게 학교는 직장입니다. 저는 제가 맡은 강의만 하고 돌아오는 시간 강사라서 아침 일찍 출근했다가 저녁 늦게 퇴근하진 않지만, 강의 시간에는 말을 해야 하니까 당연히 글을 못 쓰죠. 그런데도 학교에서 글을 쓴다고 말하는 건, 점심을 먹고 난 뒤에 5분, 10분이라도 글을 쓸 때가 있기 때문이에요. 이런 상황에서는 한두 문장밖에 쓰지 못하죠. 그래도 글에 대한 생각을 계속 이어 갈 수 있다는 점이 중요해요. 저에게 학교는 시간을 아껴서 글을 쓰는 장소입니다.

수업 시간에 한 번도 딴짓, 딴생각을 안 해 본 학생은 없을 거예요. 선생의 처지에서는 "내 수업 시간에 절대 딴짓, 딴생각을 하면 안 돼!"라고 말하고 싶지만, 그건 현실적으로 불가능하죠. 제가 학생이었을 때가 좀 오래되긴 했지만 지루한 수업 시간에 하는 딴짓, 딴생각이 얼마나 꿀맛인지는 알아요. 지금도 그때를 생각하니 꿀꽈배기 맛이 납니다. 선생이 된 입장에서 "수업 시간에 딴생각을 하세요."라고 말할 수는 없네요. 부모님들이 엄청 싫어하실 것 같아서요. 하지만 혹시 쓰지 않으면 날아가 버릴 문장이 문득 떠오른다면 놓치지 말고 교과서 끝에 쓰기를 권합니다. 쉬는 시간이나 점심시간에 혼자 글을 쓴다면 친구들에게 이상한 사람 취급을 받을까요? 매일 그런다면 곁에 딱 붙어 있는 줄 알았던 단짝 친구도 어느 날 스르르 없어질지 몰라요. 하지만 운동장 스탠드에 홀로 앉아서 글을 쓰는 소녀, 소년도 있다는 사실은 말해 두고 싶어요. 혹시 그런 친구를 보면 '쟤는 스스로 혼자가 되어 즐거운 시간을 만끽하고 있구나.' 하고 못 본 듯 지나치면 됩니다. 그의 행복을 방해하지 말자고요.

둘째, 지하철입니다. 아니, 무슨 글을 지하철에서까지 쓴대? 이건 소녀, 소년에게만 알려 주는 비밀인데요, 지하철에서 은근히 글이 잘 써져요. 왜 그런지는 잘 모르겠어요. 지하철을 탔을 때는 내릴 목적지가 정해져 있잖아요. 자리에 앉으면 몇 분 뒤에는 내려야 하니까, 일종의 마감이 있는 셈이죠. 작은 수첩에 글을 쓰다가 완전히 몰입해서 내릴 역을 지나친 적이 있어요. 그만큼 잘 써져요. 그 일이 있고 난 뒤에는 아예 출퇴근할 때 지하철에서 글을 쓸 목적으로 블루투스 키보드를 샀어요. 스마트폰은 가방에 넣어 두고 키보드만 무릎에 놓고 두드려요. 그냥 막 쓰는 거죠. 맞춤법이나 띄어쓰기에 맞게 써야 한다는 기본 원리를 살짝 무시하니까 더 자유롭게 글을 쓸 수 있더라고요. 블루투스 기술을 개발한 분을 진심으로 존경합니다.

셋째, 작업실입니다. 지금은 없어진 공간인데요, 몇 년 전에 친구들과 공동으로 작업실을 얻었던 적이 있어요. 글은 혼자 쓰는 건데 왜 공동 작업실을 얻었냐고요? 당연히 돈이 모자라서죠. 그 당시에는 돈을 쓰면서까지 글을 쓸 장소가 절실하게 필요했어요. 작업실에서 그 누구의 방해도 받지 않고 글을 쓸 수 있었고, 그 힘은 제가 건물주에게 매달 입금한 월세에서 나왔죠. 역시 돈을 들이니 돈값을 하더라는 진리를 확인했어요. 아파트 입주민이나 동네 주민에게 개방된 무료 헬스장을 열심히 이용하는 사람도 있지만 헬스장에 가서 적지 않은 돈을 내고 헬스 트레이너에게 개인 훈련을 받는 사람도 있잖아요? 제 친구 중에는 이 개인 훈련을 하면서 자기 몸에 근

육이 생긴다는 사실을 확인하고 감동한 이들이 적지 않아요. 제게 작업실은 매일 일기장 검사를 하는 선생님의 역할을 했습니다.

넷째, 카페입니다. 많은 작가가 카페에서 작업을 해요. 우리는 맛있는 음료를 마시러, 친구들과 수다를 떨러, 공부를 하러 카페에 가는데요, 작가들은 대부분 글을 쓰러 갑니다. 물론, 작가들도 카페에서 맛있는 음료도 마시고 친구들과 수다도 떨고 공부도 해요. 하지만 작가라는 정체성을 이마까지 끌어올리고 카페에 앉았을 때는 노트북 키보드를 두드리는 일에만 집중합니다. 앞에서도 말했듯이 글을 쓰는 작업 자체는 고독할 수밖에 없는데, 카페에서 글을 쓰면 혼자 있으나 혼자가 아닌 느낌을 받아요. 노트북 화면에 집중하다가 주위를 둘러보면 사람들이 보이잖아요. 카페에서 화를 내고, 소리 지르고, 삿대질이나 주먹질을 하는 일은 어지간해서는 없죠? 달콤하고 부드러운 음식과 음료를 목으로 넘기며 사람들은 웃고, 이야기를 나눕니다. 혼자 있는 사람들도 뭔가 자기가 좋아하는 일에 몰두하고 있어서 외로워 보이지 않아요. 우리는 카페에서 행복하기 쉽습니다. 그 행복이 진짜냐 가짜냐, 가볍냐 무겁냐 하는 것은 따지고 싶지 않아요. 1년 365일 24시간 행복할 수 없으니까 카페에서라도 행복하면 좋잖아요. 행복의 느낌이 가득한 공간에서 글을 쓰니 행복할 수밖에요.

대한민국 사람들이 커피를 마신 지는 100년 남짓밖에 되지 않았는데도 카페가 정말 많아요. 2021년 통계를 찾아보니 전국에 7만 개가 넘는 카페가 있네요. 저는 서울 강북 도심의 주택가에 살고 있는데요, 제가 사는 동네에도 카페가 적지 않습니다. 제가 동네에서 가본 카페만 어림잡아도 서른 곳이 넘어요. 그런데 그 카페 중에서 제가 글을 쓰기 위해 꾸준히 가는 카페는, 현재는 두 곳입니다.

학교로 출근하지 않는 월·화·수요일 오전에는 눈을 뜨자마자 부지런히 노트북을 챙겨 'ㅎ 카페'로 가요. 제가 ㅎ 카페에 가는 이유는 세 가지예요. 첫째, 항상 평일 오전 8시 30분이면 칼같이 문을 열기 때문이에요. 작가는 프리랜서라서 글을 쓰냐 마느냐는 전적으로 자신에게 달려 있거든요. 글을 안 쓴다고 뭐라고 하는 직장 상사도, 글을 같이 쓸 동료도 없어요. 출근이나 퇴근이 없는 세계에서 혼자 글을 써야 하죠. 이게 생각보다 어렵습니다. 그래서 마치 회사에 출근하듯 정해진 시간에 집을 나서서 카페로 가는 거예요. 카페에서 커피를 주문하면 출근 카드에 시간이 자동으로 기록되는 거나 마찬가지죠. 둘째, 제가 주로 글을 쓰는 평일 오전에는 손님이 적어요. 카페에 사람이 너무 많고 시끄러우면 글에 집중하기가 어렵거든요. 카페 사장님은 손님이 한 명이라도 많은 게 더 좋겠지만, 이용하는 사람은 집에서 작업할 걸 그랬나 하는 후회가 밀려와요. ㅎ 카페에서 글을 쓸 때면 분쇄되는 커피 향과 잔잔한 서양 고전 음악만제 주위를 떠돌기 때문에 아주 만족스럽답니다. 셋째, 이것도 앞의 두 가지 이유와 더불어 꽤 중요한 요소인데요, 카페 사장님과 직원이 저에게 관심이 없어요. 그래서 "주문하신 커피 나왔습니다." 하는 말을 듣고 난 뒤에는 다시 침묵으로 들어갈 수 있어요. 당연히, 커피는 맛있습니다.

'ㅋ 카페'는 ㅎ 카페와 거의 정반대 이유에서 가는데요, 여기는 앞의 ㅎ 카페보다 훨씬 작아요. 사장님과도 안면이 있고, 단골손님들과도 안부를 주고받죠. 사장님도 단골손님들도 제가 글을 쓰는 줄 알아요. 책 계약을 따내면 케이크를 사 들고 카페로 가서 축하해 달라고 말해도 전혀 어색하지 않은 관계랍니다. 주말 오후에 작업을 해야 할 경우에 ㅎ 카페에 들러요. 내가 얼마나 열심히 글을 쓰면, 주말 오후에 놀지 않고 이렇게 카페에 가서 글을 쓴단 말이냐! 자기 자신을 너무 대견하게 여기면 나르시시즘에 도취할 수 있는데, 가끔은 괜찮아요. 사장님, 단골손님들과 편하게 이야기를 주고받으며 놀러 온 기분으로 커피를 마시고, 이어서 맹렬히 글을 쓰죠. 집중해서 키보드를 두드리다가 허리를 펴면 사장님, 단골손님들의 수다에 자연스럽게 동참할 수 있어요.

김영하 소설가가 어느 방송에서 했던 이야기로 기억하는데요, 작업 공간이 너무 화려하고 번지르르하면 오히려 글이 안 써진다고 해요. 이렇게 훌륭한 공간을 얻었으니 공간의 수준에 뒤지지 않는 훌륭한 글을 써내야 한다는 부담감에 시달린다는 거죠. 봉준호 영화감독도 시나리오를 쓸 때면 카페 한 곳을 정해서 같은 자리에 앉아 부지런히 글을 쓴다고 합니다. 저도 동네에서 이런 카페 저런 카페를 기웃거리다가 최종적으로 이 두 카페에 정착했고, 안정적으로 글을 쓸 수 있었어요. 사람은 장소의 영향을 크게 받는데, 현재 작업실이 없는 저에게 이 카페들은 작업실의 역할을 합니다. 편안하게 글을 쓸 수 있는 공간을 찾으려면 내가 어떤 공간을 좋아하는지, 어떤 공간에서 작업이 잘되는지 알아야 해요. 글을 쓰며 나를 발견하고, 그 발견은 다시 글이 됩니다.

다섯째, 집에 있는 책상입니다. 여러분은 대부분 가족과 함께 지내시죠? 식구 숫자만큼 방이 있어야 모두 독립적인 공간을 누릴 수 있을 텐데, 현실은 그렇지 못한 경우도 많아요. 제가 사는 집도 가족 구성원은 다섯 명인데 방은 세 개입니다. 저에게는 방보다 책상이 중요한데요, 책상 없이는 글을 쓸 수가 없기 때문이죠. 여성 작가 중에는 식탁 귀퉁이에서 글을 쓰기 시작한 이들이 적지 않습니다. 자기 몫의 책상이 허락되지 않았기 때문이죠. 제가 생활하는 집에도 제 몫의 책상을 놓을 자리가 없어요. 그래서 저는 접었다 폈다 할 수 있는 간이 책상을 안방에 놓고 글을 씁니다.

앞에서 학교, 지하철, 작업실, 카페에서 글을 쓴다고 했는데요, 이 말은 곧 집에서는 글을 안/못 쓴다는 뜻이겠죠? 글을 처음 쓰기 시작했던 2017년에는 도저히 집에서 글을 쓸 수가 없었습니다. 저는 작가이기도 하지만 가사·육아 노동자라 잊을 만하면 식구들의 호출을 받거든요. 아이들이 지금보다 어렸을 때는 더 심했어요. 작업 흐름이 수시로 끊겼죠. 세 아이가 경쟁적으로 엄마를 불러 대는 소리가 끝이 없는 돌림 노래처럼 귓가를 맴돌았어요. 남편은 출근하고 아이들은 등교해서 집에는 저와 낮잠을 자는 고양이밖에 없어도 저를 부르는 무언의 소리가 어딘가에서 들리는 것 같아요. 온갖 일거리들이 저를 불러요. 빨랫감과 주방 싱크대에 쌓인 컵과 그릇, 아침 햇살을 받아 반짝이는 먼지와 머리카락이……. 집에서는 그 모습을 안 보려야 안 볼 수가 없습니다. 글이 안 써진다 싶으면 글쓰기보다 더 쉬운 집안일을 하게 되니까, 그냥 집을 박차고 카페로 나가는 수밖에요.

집에서 모두 잠든 시간에 글을 쓰면 어떨까 싶어서

늦은 밤에 책상 앞에 앉아 봤는데요, 그 시간에 글을 쓰면 글에 푸른 물이 들더라고요. 피곤해서 우울한 건지 잠을 못 자서 우울한 건지, 아니면 둘 다인지 모르겠지만 글보다 잠이 더 중요하다는 건 확실했어요. 어떤 작가는 아침에 일찍 일어나서 글을 쓰기 위해 맛있는 빵을 사 놓는다고 하던데, 좋은 생각인 것 같아서 저도 해 봤거든요? 한밤중에 일어나 저 몰래 빵을 먹어 버린 식구들이 미워서 그것도 안 되겠더라고요.

하지만 정말 급하면 집에서도 막 써져요. 집중해서 글을 쓰다 보면 두 시간이 어떻게 갔는지 모를 때도 많아요. 생각해 보면 제가 작업실을 얻었던 때는 글쓰기가 제 삶의 일부로 완전히 자리를 잡지 않았을 때였어요. 지금은 쓸 내용이 정해져 있으면 거의 어디서든 글을 쓸 수 있게 되었죠. 다른 장소와 달리 집은 편한 곳이잖아요? 남의 시선을 신경 쓸 필요가 없으니 뭘 입든 상관없어요. 헐렁한 고무줄 바지에 목이 늘어난 티셔츠를 입고 머리에는 집게 핀을 꽂고 세수도 안 한 채로 글을 쓸 수 있는 유일한 장소는 집이죠. 몸이 편하고 마음이 편하면 글도 편안하게 풀릴 확률이 높아져요.

여섯째, 침대입니다. 사실 이 문장은 스마트폰으로 침대에서 쓰고 있어요. 오늘은 토요일이라 주말 저녁을 즐겨도 되는데 다음 주 수요일에 놀러 갈 일정이 있고 그러면 하루는 글을 못 쓰니까 미리 당겨서 일을 하고 있는 셈이죠. 작가는 1인 2역을 해야 해요. 글을 쓰라고 명령을 내리는 나와 그 명령을 수행하는 내가 협조를 잘해야 꾸준히 페이지를 채울 수 있어요. 글이 잘 써지는 날도 있지만 안 써지는 날도 있으니, 잘 써진다고 우쭐하거나 안 써진다고 낙심하지 않기 위해 매일 작업할 분량을 정해 놓고 가능하면 그 분량을 맞추려고 노력합니다. 그러면 잘 쓰든 못 쓰든 꾸준히 쓰는 자리에 앉을 수 있어요.

침대에 누웠을 때 5분 안에 잠드는 날도 있지만 바로 잠이 오지 않을 때는 글 생각을 합니다. 이럴 때 아주 가끔, 낮에는 전혀 떠오를 기미도 없던 아이디어가 뿅 떠오르기도 해서 잊지 않으려고 메모를 하죠. 하지만 스마트폰에 메모를 하면 눈을 뜬 김에 딴짓을 하게 된다는 단점이 있어요. 메모를 건지려다 빨간 토끼 눈으로 다음날을 맞으면 곤란하겠죠?

이 장소들 외에 한 곳이 더 있어요. 바로 도서관인데요, 사실 도서관은 글을 쓰기에 최적의 장소예요. 이용하는 데 돈이 들지 않고, 조용하고, 온도와 습도도 적당하고, 글을 쓰다가 궁금한 것이 있으면 바로 찾아볼 책들이 바로 옆에 있잖아요. 그런데 저는 도서관에서는 글을 쓰기가 어렵더라고요. 글을 쓰기보다는 자꾸 책을 읽고 싶어져요. 제 글에 집중을 못 하게 만드는, 제 글과 비교할 수 없이 훌륭한 책들이 빽빽하게 꽂혀 있는 공간에서는 제 나름의 단단한 작가 정체성이 발목 밑으로 흘러내리나 봐요.

학교, 지하철, 작업실, 카페, 집의 책상 그리고 침대는 제가 앉거나 혹은 누워서 자판을 두드리는 공간이에요. 자판을 부지런히 두드리기 위해서는 내용의 흐름이 어느 정도 잡혀 있어야 해요. 위의 공간들에서도 글을 구상하지만, 저는 주로 혼자 걸으면서 생각을 정리하는 편이에요. 생각이 정리가 안 되면 자리를 박차고 나와야죠. 물론, 글이 안 써질 때도 걷지만요.

혼자일 수 있는 곳을 찾으세요. 거기에서 두세 문장을 쓰다 보면 알게 될 거예요. 그 공간이 내가 글을 쓰기에 적합한 공간인지 아닌지를. 세상은 넓고, 앉을 곳은 많아요. 시험 삼아 이곳저곳 다녀 보세요. 내 집 책상이 최고라고, 파랑새는 결국 집에 있다는 진실을 깨닫더라도 그 과정은 헛되지 않을 거예요. 그만큼 나를, 나의 취향을 발견했으니까요.

5

무엇을 쓰는가

#평범함의 특별함 #다양한 책의 모습 #모험

#글감 #좋아하는 것 #잘 아는 것 #물음표

#별것도 아닌 소재 #글이 되다 만 글 #기록

글에는 무슨 내용을 담을까요? 소중하고 아름다운 추억을 글로 쓰면 쓰는 과정도 행복합니다. 하지만 끔찍하게 힘들었던 경험도 훌륭한 글의 재료가 될 수 있어요. 용감한 사람들은 주변 사람들의 반대나 냉대를 무릅쓰고 자신의 주장을 글로 표현하기도 합니다. 지극히 평범한 삶을 살아서 특별히 쓸 것이 없다고요? 지구에 사는 78억 명의 사람들 중에 같은 사람은 없습니다. 지구에서 하나뿐인 내가 관심을 기울이는 순간, 그 관심의 대상은 특별해집니다. 특별하니까 글에 담아야죠.

너도나도 글쓰기

집-학교-학원을 돌림 노래 부르듯 왔다 갔다 하면 세상이 어떻게 돌아가는지 모르기 쉬워요. 대한민국처럼 유행에 민감하고 변화의 속도가 인터넷 속도만큼 빠른 나라도 드문데요, 요즘 우리 사회에는 글을 쓰고 싶어 하는 사람이 엄청 많아졌어요. 10년 전과 비교하면 글쓰기를 배우겠다는 사람도, 가르쳐 주는 곳도 적지 않습니다. 글쓰기에 관한 책과 강연도 넘쳐 나죠.

우리가 사서 보는 책들은 대부분 출판사에서 만들어지는데, 책 표지 뒷면에 도서 분류를 위한 바코드가 붙어 있어요. ISBN 또는 ISSN이라고 부르는 이 바코드는 책을 쉽게 분류하기 위한 국제적인 약속이에요. 출판사에서 책을 낼 때는 국가에서 마련한 법령에 따라 이 번호를 발급받고 출판물을 등록합니다. 하지만 이렇게 '등록'을 하지 않는 책도 있어요. 출판사를 거치지 않고 개인이나 그룹이 글을 쓰고 인쇄, 제본까지 해서 출판을 한 책을 독립 출판물이라고 분류하는데, 여기에는 바코드가 붙지 않아요. 마음만 먹으면, 그리고 책을 찍어 낼 돈만 있으면 얼마든지 책을 펴낼 수 있는 세상이 열린 거죠. 물론, 그 책을 어떻게 독자에게 팔 것인지는 오롯이 책을 펴낸 사람의 몫이지만요. 전자책이나 오디오 북은 말할 것도 없고, 내가 가진 정보나 지식을 PDF 파일로 만들어 올리는 플랫폼도 등장했으니 출판의 세계는 꽤 다양해진 셈입니다.

너 나 할 것 없이 책을 내는 세상이라니, 신춘문예라는 높은 관문을 올려다보기만 해도 쫄아서 글을 써서 먹고살 생각을 접었던 30여 년 전에는 감히 상상할 수 없었어요. 이러다가는 독자보다 작가가 더 많아지는 게 아닌가 하는 생각이 들 정도니까요. 아, 역시 책을 팔아서 생계를 유지하기는 어려워요. 하지만 이렇게 저자의 폭이 다양해지면 우리가 평소에 듣지 못했던 목소리들을 좀 더 들을 수 있겠죠? 다양한 소리가 주목받을수록 우리 사회는 더 다채로운 색깔로 빛날 수 있을 테니까요.

별것부터 별것 아닌 것까지

우리가 "별거 아니야."라고 말할 때의 '별것'은 글의 좋은 소재가 됩니다. 별것을 사전에서 찾으면 '드물고 이상스러운 것'이라고 나와요. 흔하지 않고 특이한 것은 사람들의 시선을 끌 수밖에 없죠. 다른 사람은 꿈도 꾸지 못한 나만의 독특한 경험은 글의 좋은 재료가 됩니다. 지금으로부터 130여 년 전 조선에 왔던 이사벨라 버드 비숍은 『조선과 그 이웃 나라들』이라는 책을 썼어요. 서양인들에게 거의 알려지지 않았던 미지의 나라였던 조선에 첫발을 디딘 순간부터 보고 듣고 냄새를 맡은 경험은 모두 '별것'이었겠지요? 당시의 조선은 그녀가 살던 곳과는 달라도 너무 다른 곳이었을 테니까요. 하루를 마치고 집에 돌아와 기억을 되살려 문장을 만들고 마침표를 찍기만 해도 글이 되었을 거고, 독자들은 그가 쓴 문장들 사이에 난 길을 따라 걸으며 조선을 상상했겠죠. 지금은 이런 곳이 지구에 거의 남아 있지 않아서 아쉽네요.

거기서 거기인 일상, 어제가 오늘 같고 오늘도 내일과 별반 다를 것 같지 않은 하루를 살다 보면 '별것'을 찾기가 어려워요. 감각은 둔해지고, 감성은 메마르다 못해 손대면 소리 없이 부서지죠. 이럴 때는 '별것 주의보'를 발령해야 합니다. "오늘 오후 6시를 기해 마음청에서는 무기력과 우울감에 대비하도록 별것 주의보를 발령했습니다. 현재 마음은 난데없이 떨어진 타인의 말 한마디에도 지반이 흔들릴 수 있는 상태입니다. 하던 일을 멈추고, 밖으로 나가 하늘을 올려다보거나 동네를 한 바퀴 천천히 걷기 바랍니다. 걷다 보면 평소에는 눈에 뜨이지 않던 별것을 발견할 확률이 높아집니다." 이사벨라 버드 비숍처럼 굳이 지구 반대편으로 가지 않아도 발밑에서 보물을 발견할 수 있어요.

　　도심의 보도블록 사이사이에서는 다양한 식물이 자랍니다. 그중에서도 별꽃은 얼핏 보기에는 별것 아닌 듯 보이는 식물이에요. 꽃이 너무 작아서 바닥에 쭈그리고 앉지 않으면 잘 보이지 않을 정도입니다. 하지만 밤하늘을 올려다보아도 별 하나 보이지 않는 삭막한 도시를 밝히는 별이라고나 할까요? 두 갈래로 갈라진 다섯 장의 하얀 꽃잎은 다 펼쳐져도 지름이 1센티미터를 넘지 않습니다. 보일 듯 말 듯 한 식물이지만 전 세계를 접수했어요. 번식력이 좋아서 지구의 도시란 도시는 다 접

수한 능력자예요. 지구와 가장 가까이 있는 별이라고 할까요. 남들에게는 있는지 없는지도 모른 채 지나치는 잡초일지 몰라도, 저에게는 우주여행을 하는 기분이 들게 하는 존재예요. 내 마음에 품은 별 하나가 빛을 잃고 흐려질 때, 별꽃을 보면 기운이 납니다. 마음만 먹으면 얼마든지 별꽃을, 아니 '별것'을 찾을 수 있지요.

별것이 아닌 것이 별것이 되는 경우도 있습니다. 저는 어쩌다 먹는 햄버거를 46년 동안 매일 두 개씩 먹은 사람이 있어요. 미국에 사는 도널드 고스키라는 사람인데, 2018년 4월에 사람들이 지켜보는 가운데 생애 3만 개째인 맥도널드의 빅맥 버거를 입에 넣었다고 하네요. 강원도 화천에 사시는 박병구 할아버님은 돌아가시기 전까지 농심에서 나온 라면을 49년간 매일 드셨대요. 이런 이야기는 글이 안 될 수가 없습니다. 그래서 기자가 이분들의 이야기를 소재로 글을 썼죠. 고스키 씨나 박병구 할아버지가 직접 글을 썼다면 훨씬 재미있었을 거라는 생각이 듭니다.

평범한 일상부터 웅장한 우주까지 모두 글의 소재가 됩니다. 제 방에 꽂아 둔 책 중에서 가장 소소한 일상의 이야기는 이옥남 할머니가 쓰신 『아흔일곱 번의 봄 여름 가을 겨울』이에요. 1922년에 태어난 이옥남 할머니는 방에서 글을 읽는 오라버니 어깨너머로 한글을 배웠지

만, 여자가 글을 쓴다는 것이 책잡힐 일이었던 시절이라 글을 쓸 수 없었다고 해요. 할머니는 남편이 죽고 시어머니도 돌아가신 뒤에야 한글을 써 볼 수 있게 되었는데요, "혼자 살다 보니 적적해서 글씨나 좀 나아질까" 하고 일기를 쓰기 시작했다고 합니다. 1987년, 할머니는 도라지를 팔아서 산 공책에 처음 일기를 쓰기 시작해 30년 동안 꾸준히 썼대요. 외손자가 그 일기를 책으로 펴낸 덕분에 여러분에게 할머니의 글을 소개할 수가 있네요.

> 2007년 7월 31일 맑음
>
> 저 건너가서 깨밭을 맸다. 한 달 동안 비가 와서 못 가봤더니 깨는 줄어들고 풀은 크고. 얼마나 잡초가 무성했는지 깨가 안 뵈킨다*. 깨 새간**으로 들어가니 풀과 깨와 꽉 에워싸서 바람 하나 없다. 아무리 부즈러니*** 매도 도저히 티가 안 나고 아무리 빨리 매도 자리가 안 난다. 옷은 땀에 젖어 짜게 되고 이마에서는 땀이 뚝뚝 떨어진다. 다 매고 나니 맘에 시원하다. 김매고 돌아보

■ 뵈키다: '보이다'의 방언.
■■ 새간: '사이'의 방언.
■■■ 부즈런히: '부지런히'의 방언.

| 니 깨가 좋아하는 게 완연하다."

저는 농사를 지어 본 적이 없지만, 이 문장을 읽으면 깨의 웃음소리가 들리는 것 같아요. 할머니의 소소한 일상이 책장을 넘기는 시원한 바람으로 불어와요. 마음을 찌르는 말이 귓가에서 떠나지 않는 날은 심심하지만 씹을수록 고소한 보리밥을 먹듯 할머니의 문장을 읽습니다. 한두 편만 읽어도 산골로 공간 이동을 하는 기분이 들어요. 텁텁했던 마음이 흙냄새, 산비둘기 소리, 할머니의 이마에서 떨어지는 구슬땀으로 청명하게 바뀝니다. 할머니처럼 오늘 하루를 부지런히 보내고 쉬어야겠다는 바람도 생기고요.

제 방에 있는 책 중에서 가장 웅장한 이야기는 칼 세이건의 『코스모스』일 것 같아요. 전 세계에서 베스트셀러인 과학 교양서인데 두께도 성경만큼이나 두툼합니다. 두꺼운 만큼 아직 다 읽지 못했어요. 제가 이해하지 못하는 부분도 당연히 있지만 그런 부분은 가볍게 건너뜁니다. 애초에 다 읽겠다는 작정이 없는 책이라고 할까요. 하지만 머리맡에 두고 한 편씩 읽어요. 이 책은 한마디로 우주 교향곡인데요, 책장을 펼치면 가늠이 되지 않는 거대한 우주가 펼쳐져요. 그 우주에서 인간인 저는

■ 이옥남, 『아흔일곱 번의 봄 여름 가을 겨울』, 양철북, 2018, 93쪽.

먼지보다 작은 존재가 됩니다. 다행히 글을 읽을 줄 아는 먼지라서, 인류가 우주를 탐구한 역사의 흐름에 몸을 맡기고 파도를 타듯 책장을 넘겨요. 그 파도타기에 빠져들면 작은 일에 연연하지 않게 됩니다.

결론은 하나입니다. 무엇이든 글의 재료가 된다는 것이죠. 별것이든 별것 아니든 재료만 있다면 쓰는 건 그리 큰 문제가 아니라는 말이에요. 여기에 한 가지 이야기를 덧붙이고 싶네요. 소녀, 소년은 이미 10년이 훌쩍 넘는 경험을 쌓아 왔다는 사실을 기억해 주세요. 어린이집과 유치원을 거쳐 초등학교 6년에 중학교, 고등학교까지……. 우아! 이 오랜 시간 동안 학생이었고 여전히 학생이군요! 너도 학생, 나도 학생인데 그게 무슨 놀랄 일이냐고요? 남들과 비슷한 경험을 했다는 사실은 글을 쓰는 데 약점이 아니라 강점으로 작용할 수 있어요. 글을 읽는 독자가 공감하기 더 쉬울 테니까요. 또, '내 인생은 평범해서 남들과 별로 다를 것이 없다.'라고 생각한다면 그건 반만 맞는 말입니다. 두 사람이 똑같은 경험을 했다고 해서 생각하고 느끼는 것까지

같을 수는 없으니까요. 여러분에게는 지금까지 살아온 10여 년의 삶이라는 거대한 재료가 있다는 사실을, 꼭 기억하기로 해요. 그 재료의 더미 가운데 글을 쓸 때 재미와 보람을 느낄 수 있는 재료 몇 가지를 골라 볼게요.

관심을 갖고 시간을 들인 것

내가 관심 있는 것, 그래서 비교적 잘 알고 있는 것은 글의 재료가 됩니다. 관심이 있으니까 당연히 좋아하기도 하겠죠? 관심이 있고 좋아하는 걸 할 때는 시간이 어떻게 가는지 몰라요. 매일 〈리그 오브 레전드〉를 두 시간씩 하는 소년과 BTS 콘서트에 다녀온 아미에게 각각 '롤'과 '케이팝'에 대한 글을 한 장씩 쓰라고 하면 적어도 뭘 써야 할지 몰라서 쩔쩔매진 않을 거예요. 관심을 기울인 만큼 아는 것도 많으니까요. 관심과 앎은 선순환합니다. 거기에다 시간까지 꾸준히 쏟아부었으니 재료는 충분하죠.

저는 고양이를 좋아합니다. 몇 년 전까지만 해도 고양이를 좋아하지 않았어요. 오히려 싫어했죠. 고양이가 밤에 우는 소리는 칠판 긁는 소리 다음으로 소름 끼쳤어요. 쓰레기봉투를 뜯어서 길을 지저분하게 만드는 것도 짜증스러웠고요. 그런데 어느 순간 고양이가 좋아졌어요. 이 글을 쓰면서 왜 갑자기 고양이가 좋아졌나 생각해 보니까, 저와는 너무 다른 존재라서 좋았나 봐요. 저는 고양이보다는 개에 가까운 성격이거든요. 좀 헤프다고 할까요. 사람을 좋아하고 내 감정에 솔직한 편이라 상대방의 반응을 살피기 전에 먼저 다가가서 신나게 꼬리를 흔들고 좋다고 침 범벅을 만드는, 개 같은(?) 사람이죠. 유유상종으로 친한 친구 중에도 갯과에 속하는 이들이 많아서 너는 너, 나는 나의 경계선이 없이 개떼처럼 몰려다니기도 했어요. 이번 세상에서는 끝까지 개처럼 살 줄 알았는데 성격이 바뀌더라고요. (저도 개면서) 개들에 둘러싸이면 피곤하고요. 그러던 어느 날 고양이 같은 친구를 사귀게 되었는데, 묘한 신비감이 느껴졌어요. 사람은 사람을 다 알 수 없지만 좀 친해지면 어느 순간 가까워지면서 경계선이 흐려지는데, 이 친구는 그렇게 되지 않더라고요. 그 면이 싫지 않았어요. 고양이 같은 친구와 놀다가 고양이에게 관심이 생겼다면 이상하게 들릴까요? 고양이는 개와 달리 인간의 애정을 적극적으로 갈구하지 않는답니다. 고양이는 자기의 세계에 다른 존재가 제멋대로 끼어드는 걸 허락하지 않아요. 그게 고양이의 도도한 매력이죠.

처음 길고양이였던 별이를 입양했을 때, 고양이에 관해서 나름의 기본적인 지식은 갖췄다고 생각했어요.

궁금한 것이 생기면 일단 글자로 된 자료를 읽는 습관 덕분이죠. 하지만 돌이켜 보면 그 지식은 고양이를 키운 세월이 주는 지식과 정보에는 미치지 못하는 것 같아요. 별이가 중성화 수술을 마치고 우리 집에 와서 일주일쯤 지났을 때로 기억해요. 한 번의 점프로 바닥에서 냉장고 위로 단숨에 올라갈 수 있는 존재라니, 제 눈으로 보면서도 믿을 수가 없었다니까요? 강아지에 비해 고양이의 배설물은 냄새가 훨씬 지독하다는 것도 몰랐죠. 개에 비해 털이 훨씬 많이 빠진다는 사실은 알았지만, 그 털이 세탁 후에도 옷에 붙어 있을 정도인 줄은 몰랐고요. 개는 양치를 시킬 수 있지만 고양이는……

고양이와 함께 산 지 햇수로 7년이 되었으니까, 고양이를 안 키우는 사람에 비해서는 좀 더 안다고 말할 수 있겠죠? 고양이를 좋아하는 만큼 더 알고 싶은 마음도 커져요. EBS 프로그램 〈고양이를 부탁해〉는 거의 다 본 것 같아요. 그걸로 부족하다 싶으니까 자연스럽게 책에 손이 갔어요. 고양이의 시선으로 인간을 바라보는 나쓰메 소세키의 『나는 고양이로소이다』부터 시작했죠. '고양이는 어떻게 인간을 길들이고 세계를 정복했을까'라는, 재미있는 부제가 달린 애비게일 터커의 『거실의 사자』는 제가 읽은 고양이에 관한 책 중에 가장 오묘한 책이었어요. 사람이 고양이를 길들인 게 아니라 고양이가 인간을 길들였다는 아이디어가 놀랍죠? 하지만 제가 고양이에 대해 다 안다고 말할 일은 결코 없을 거예요. 안다는 것은 어찌나 끝없는 일인지……. 고양이에 대한 시 중에서 제가 가장 좋아하는 작품을 소개하며 이야기를 마무리할까 해요.

> 나는 차로를 올라갔다. 고양이들이 여기저기 퍼져서 똥을 싸고 있었다. 다음 생에서는 고양이가 되고 싶군. 하루에 스무 시간을 자고 가만 앉아 밥을 기다리고. 엉덩이만 핥으면서 빈둥대고. 인간은 너무 비참하고 화만 내고 외골수라서.˙

여러분이 관심을 두고, 좋아하고, 시간까지 들인 것을 떠올려 보세요. 바로 그것이 여러분이 가장 자신 있고 길게 쓸 수 있는 '무엇'이랍니다.

■ 찰스 부코스키, 『고양이에 대하여』, 박현주 옮김, 시공사, 2016, 139쪽.

잘 모르지만 알고 싶은 것

여러분은 '쌍끌이 기선 저인망'이라는 알쏭달쏭한 단어를 들어 본 적이 있나요? 쌍끌이라는 말은 양쪽에서 끈다는 뜻인데요, 말 그대로 배 두 척이 넓게 퍼진 그물을 양쪽에서 끌어서 물고기를 잡는 방식을 말합니다. 글을 쓸 때 '무엇'을 낚기 위해서는 '관심'이라는 배와 더불어 '호기심'이라는 배가 필요해요. 앞서 말한 고양이에 대한 제 관심은 호기심과 함께 커졌는데요, 앞에서 관심과 앎이 선순환한다고 말했죠? 앎의 원천은 사실 호기심이랍니다. 난데없는 UFO처럼 호기심이 날아들 때가 있어요. 관심이 별로 혹은 전혀 없었는데 문득 호기심이 뽕 하고 솟아오른 경험이 한 번쯤은 있을 거예요. 호기심이 튀어 올랐을 때, 무시하지 않고 낚아채 잘 간직해 두면 이것도 언젠가 글의 유용한 재료가 됩니다. 당장은 호기심에 불을 지필 수 없더라도 버리지 말고 주머니에 담을 것!

쑥스럽지만 제 호기심 주머니를 살짝 보여 드릴게

요. 뭐 이런 걸 다 궁금해하나? 싶은 것도 있겠지만, 저에게는 소중한 물음표들이랍니다.

- 현재 인류는 과거에 비해 더 발전한 삶을 살고 있다는데 왜 아직도 전쟁을 할까?
- 사이비 종교에 빠진 사람과는 정말 대화가 안 될까?
- 무선 이어폰을 사용할 때 뇌 건강이나 청력에는 문제가 없을까?
- 술을 마시고 담배를 피우면서 스트레스를 해소하는 사람과 술을 마시고 담배를 피우지 못해 스트레스를 받는 사람 중에 누가 더 건강하게 살까?
- 꼰대는 정말 자기가 꼰대라는 사실을 모를까?
- 전은 부쳤을 때 바로 먹어야 맛있는데 왜 명절에는 식은 전을 쌓아 놓고 먹을까?
- 자율 주행이 상용화되면 사람들이 더는 도로 한복판에서 싸우지 않게 될까?
- 어째서 하지 말라는 말을 들으면 오히려 더 하고 싶은 마음이 들까?
- 상대방의 마음에 상처를 주려고 일부러 심한 말을 하는 사람은 그런 말을 해도 아무렇지 않은 걸까?
- '남자라서', '여자라서' 같은 말은 언제쯤 없어질까?

이런 질문들에 당장 답을 찾을 생각은 없어요. 대신에 호기심의 불씨를 잘 살려 두는 것이 중요합니다. 1863년 1월에 당시의 미국 링컨 대통령이 노예 해방을 선언하기 전까지 흑인은 사람 취급을 받지 못했어요. 사우디아라비아에서는 2015년이 되어서야 여성이 선거권을 가질 수 있었습니다. 당연한 사실이라고 생각했던 것들에 작은 물음표를 붙인 곳에서 더 자유롭고 아름다운 세상으로 향하는 문이 열리기 시작했다는 사실을 기억해 주면 좋겠네요. 작은 호기심이 안내하는 위대한 모험의 길을 영영 닫아 버리지는 말자고요.

마음속에서 흘러넘치는 것

지금은 자식들의 방 청소를 하지 않습니다만, 첫째의 방에 청소하러 들어갔던 적이 있어요. 첫째가 초등학교 고학년이었을 거예요. 책상 정리를 하다가 정말 '우연히' 어떤 글을 읽었다고 하면 과연 여러분이 믿어 줄지 모르겠지만, 저는 결백합니다(여러분도 부모님이 일기장을 보는 것이 싫으면 방 정리를 하세요). 그 글은 고고한 초등 고학년 오빠의 영역을 툭툭 건드리는 초등 저학년 여동생을 생각하면 욕이 안 나올 수가 없다는 내용이었어요. 물론 당연히 욕도 적혀 있었죠. '면전에 대고 욕을 하지 않은 게 어디냐. 이런 식으로 감정을 푸는 것도 나름 방법이다.' 하고 생각하며 넘어갈 수밖에요.

마음속에 차곡차곡 쌓인 것은 언젠가 흘러넘치게 되어 있습니다. 그것이 꼭 글로만 나오진 않아요. 음악으로도 그림으로도 춤으로도 표현될 수 있지요. 하지만 언어로 하는 자기표현은 내 생각과 느낌을 보다 세밀하

고 자세하면서도 선명하게 풀어서 나타낼 수 있다는 장점이 있어요. 기쁨과 슬픔, 성공과 실패, 기대와 실망, 용기와 비겁함, 환희와 분노……. 우리는 보통 기쁨과 성공과 기대와 용기와 환희는 반기면서 슬픔과 실패와 실망과 비겁함과 분노는 감춰 두고 싶어 합니다. 하지만 어둡고 컴컴한 밤하늘 없이는 별을 볼 수 없어요.

더는 담아 둘 수 없을 정도로 마음에 찰랑찰랑 흘러넘치려는 생각과 느낌을 자연스럽게 덜어 내야 합니다. 특히 감정은 조절이 필요해요. 턱밑까지 찰랑거리는 물결을 방치했다가는 자칫 홍수로 익사할 수도 있으니, 다른 사람의 방해를 받지 않는 곳을 찾아 노트를 펴길 권합니다. 감정이 글자로 옮겨지는 동안에 홍수경보는 주의보로 바뀝니다. 제 경험상, 감정이 흘러넘쳐서 쓴 글은 다음 날 읽어 보지 않는 편이 낫더라고요. 저는 편지 쓰기를 좋아하는데, 밤에 편지를 쓰면 열에 아홉은 보내지 못했어요. 날이 밝고서 평온함을 되찾은 마음으로 전날 쓴 편지를 다시 읽으면 쭌드기가 되더라고요. 날것의 감정이 세세하게 적혀 있으니 온몸이 오글거릴 수밖에요. 하지만 보내지 못할 편지를 썼다고 해서 시간을 낭비했다는 생각은 들지 않아요. 그 편지를 쓰면서 감정이 적정 수위를 되찾았으니까요.

감정은 생각과 따로 놀지 않아서, 감정이 쏠리면 생

각도 한 방향으로만 흐를 가능성이 높습니다. 적절한 자기반성은 바람직하지만 넘치면 자기 비하나 심하면 자기 학대로 변하기도 해요. 반대로 조절되지 않은 기쁨은 삶의 균형을 깨트리고 자기를 우상으로 만들기도 합니다. 자아에 도취된 모습을 귀엽게 봐 줄 수 있는 건 길게 잡아야 다섯 살까지죠. 시도 때도 없이 자기 자랑만 늘어놓는 사람과 친구가 될 수 있을까요? 그리고 이렇게 쏠림이 큰 생각과 감정은 묵힌다고 발효가 되기는커녕 숙변이 되고 말아요. 나를 파괴하기 전에 얼른 덜어 내는 게 최선이죠. 이 책의 2장 「왜 쓰는가」에서 글쓰기의 치료적·치유적 가치를 설명했던 것을 기억해 주세요.

편지 쓰는 법

문자 메시지나 메신저, 혹은 이메일을 이용할 때는 '전송'을 누르면 상대방에게 도착하기까지 1초도 걸리지 않아요. 그런데 편지를 우편으로 보내면 빨리 도착해도 하루는 걸리거든요. 요즘 세상의 속도와 너무 안 맞죠. 편지를 쓰고 보낼 때는 시간이 느리게 흐르는 기분이 들어요. 세상의 흐름에 떠밀리지 않는 느낌이라 오히려 좋아요. 생각해 보니 제가 보내는 편지는 늘 비슷한 내용이네요. 상대방의 이름을 부르고 안부를 물은 뒤에 제 소식을 전해요. 수신인에 따라 내용은 조금씩 달라져도 결론은 하나입니다. 이 편지를 쓰고 보내는 동안 너를 생각했다는 거죠. 어색하고 부끄러워 마음에만 담아 두었던 말은 편지로 전하기 좋아요. '미안해' '고마워' '사랑해' 3종이 대표적이죠. 저는 카드나 엽서를 자주 보내는데요, 특히 우체국에서 파는 우편엽서는 우표가 인쇄되어 있어서 언제든 우체통에 넣을 수 있죠. 1장에 400원이니 부담도 없고요. 여행을 갈 때 우편엽서를 챙기면 친구에게 여행지의 도장이 찍힌 엽서를 보내 줄 수도 있어요.

마음속에서 흘러넘친 것들을 글로 쓰면 글이 되다 마는 경우가 많습니다. 하지만 이런 '글이 되다 만 글'도 좋은 글의 재료가 될 수 있어요. 사실, 기록된 모든 것은 어떤 식으로든 글에 쓰입니다. 쓰이지 못하는 것은 기록되지 않아 증발한 기억뿐이죠.

SNS에 일상을 글로 남긴다

저는 10년 전까지 초등학교 6학년 때 쓴 일기장을 제 보물 1호로 간직해 왔는데요, 해외 이사를 하는 과정에서 그 일기장을 잃어버리고 말았어요. 저의 인생 기록을 잃어버렸다고 생각하니 정말 속상하더라고요. 이런 일도 있지만 살다 보면 난데없는 행운이 찾아올 때도 있어요.

고등학교를 졸업한 지 30년이나 되었지만, 꼭 만나 뵙고 싶은 선생님이 있었어요. 고등학교 2학년 때 우리 반 담임을 맡으셨던 박현규 선생님이신데, 언젠가 기회가 되면 만나 뵈어야지 하는 마음이 있었어요. 그런데 그 '언젠가'는 좀처럼 오지 않더라고요. 시간이 흐르고 흐르다 보니 이제 선생님은 명예퇴직을 하셨을 것 같았어요. 그런데 2년 전에 우연히 인터넷 검색을 하다가 선생님의 흔적을 발견했습니다. 셜록 홈스가 된 기분으로 추적에 추적을 거듭한 끝에 선생님과 연락이 닿았어요.

선생님께서는 저를 만난 날 아주 특별한 선물을 주

셨습니다. 선생님이 가방에서 꺼낸 것은 낡고 손때 묻은 노란 노트였어요. 1991년에 썼던, 우리 2학년 16반의 모둠 일지가 지금 내 눈앞에 있다니! 선생님과 헤어지고 집에 돌아와 노트를 열자마자 시간 여행이 시작되었죠. 와, 온갖 색깔로 수놓은 글씨가 얼마나 빽빽하던지, 저를 포함한 열 명의 문예부 친구들은 참 열심히도 일지를 썼더라고요. 학교에서 일어났던 온갖 사건 사고, 친구 관계와 성적에 대한 고민, 미래에 대한 걱정과 꿈 등 고등학교 2학년의 머릿속을 그대로 들여다보는 것 같았어요. 친구들은 자기 글만 쓴 게 아니라 다른 친구들의 글에 밑줄도 긋고 자기 의견도 써 놓았더라고요. '인터넷과 스마트폰이 없던 시절에는 이렇게 소통을 했구나.' 하고 새삼스럽게 신기했죠.

친구들과의 소통을 위해 SNS를 사용하는 소녀, 소년도 적지 않을 텐데요, SNS에 일상을 글로 써서 공개하는 경험은 글쓰기에 도움이 됩니다. 앞의 모둠 일지처럼, 내 글을 읽어 주는 사람이 있고 내 글에 반응하는 사람이 있다는 사실 자체가 글쓰기에 자극을 주거든요. 나의 일상을 다른 사람과 글로 공유하는 과정에서 공감을 주고받을 대상과 연결된다는 점은 SNS 글쓰기의 큰 장점입니다. 내 글을 읽어 줄 사람이 화면 너머에 있다니, 글을 읽고 끝나는 게 아니라 댓글도 달아 준다니! 엎드려

절이라도 하고 싶죠.

앞의 3장 「언제 쓰는가」 중 '시간에 맞춰서 쓴다'에서 말씀드린 것처럼 저는 규칙적으로 글을 올릴 시간을 정하는 방식으로 SNS를 활용했어요. 이런 방식으로 짧지만 한 줄이라도 꾸준히 글을 쓰는 연습을 하면, 한 줄은 두 줄이, 두 줄은 한 문단이 될 수 있어요. SNS는 시간과 공간의 제약이 거의 없으니까 와이파이 오아시스만 찾는다면 아무 때나 글을 써서 올릴 수도 있죠. 내가 보고 듣고 생각하고 느낀 것을 실시간으로 표현할 수 있다는 점이 SNS 글쓰기의 큰 강점인데요, 이름 대신에 닉네임을 사용한다는 점도 매력적입니다. 내가 학생이기 때문에, 여자이기 때문에, 남자이기 때문에 어떠할 것이라는 고정 관념이나 다른 사람들의 시선에서 자유로워지면 더 용감하게 글을 쓸 수 있어요. 익명성이 주는 좋은 점입니다. 일상을 재료로 SNS에 짧은 글을 쓰기가 어렵지 않다면 블로그에 한 문단 이상의 글을 써 보기를 추천하고 싶어요. 한두 문장에 다 담을 수 없는 내용을 조금 긴 호흡으로 풀어 내는 거죠.

반면에 SNS 글쓰기에는 단점도 많습니다. 우리는 우주가 나를 중심으로 돌지 않는다는 사실을 알고 있지만 예상하지 못한 상황에 닥치거나 감정이 격해지면 이성적인 사고를 하기 어려워요. 이런 상태에서 쓴 글을 바로 SNS에 올리면……. SNS의 세계로 내보낸 글은 회수가 불가능합니다. 클릭 한 번은 가벼운 동작이지만 돌이킬 수 없는 순간이에요. SNS에 올리는 글은 자기만 보기 위해 쓰는 글은 아니니까 독자를 의식하면서 글을 쓸 수밖에 없어요. 우리가 속옷만 입고 길거리를 돌아다니지 않는 것처럼 SNS에 글을 올릴 때도 기본적인 예절이 필요하죠. 내 글을 읽는 사람은 누가 뭐래도 고마운 사람입니다. 얼굴이 보이지 않는다고 막말과 욕설을 해도 되는 사람이 아니죠. 점잖은 언어로 포장했을 뿐, 내 생각을 뒷받침할 증거만 골라서 한쪽으로 치우친 글을 쓰는 것도 문제입니다. SNS에 글을 쓸 때는 이런 '확증편향'이 더 심해질 수 있으니 주의해야 해요. 사실, 예절보다 더 중요한 건 안전입니다. 일상을 글로 쓰다 보면 내가 자주 방문하는 장소나 이동 경로와 시간이 드러날 수 있어요. 소녀, 소년의 실명, 나이, 성별 등의 개인 정보가 제삼자에게 노출되지 않도록 주의하세요.

학교에서 쓸 수는 없을까?

학교에서는 수행 평가 과제로 책을 읽고 독후감이나 서평을 써내라는 과제를 내 줄 때가 많아요. 이런 경우 지정된 책을 읽으라고 하는데, 이 책이 내 관심도 호기심도 그 어떤 것도 불러일으키지 않는 책일 때 그 독서는 고행, 아니 고문입니다. 책을 몇 쪽 뒤적여도 흥미가 생길 기미는 좀처럼 보이지 않고, 오히려 검은 기운을 띤 유혹이 밀려오죠. 인터넷 서점의 책 소개 글을 적당히 베낀 뒤 일부분만 읽은 뒤에 반성과 결심을 5 : 5로 섞어 교훈적으로 마무리할까?

이럴 때 단골로 등장하는 책이 『왜 세계의 절반은 굶주리는가?』예요. 도대체 왜 이 학교 저 학교에서 이 책을 읽히는지 궁금한 사람은 저뿐일까요? '서울대 지원자가 가장 많이 읽은 책 20권'에서 1위를 했다는 사실을 의심의 눈초리로 바라봅니다.

글자보다 영상에 익숙한 소녀, 소년이 두께가 1센

티미터 남짓 되는 책을 읽는 건 보통 일이 아니죠. 게다가 여러분 주변에 굶어 죽는 사람이 별로 없으니 지구 반대편의 낯모르는 이의 괴로움이 피부로 와닿기 어렵습니다. 아무런 설명도 없이 대한민국의 소녀, 소년에게 이 책을 읽고 글을 써내라고 하면 별로 좋은 서평이 나올 것 같지 않아요.

관심과 호기심을 자극할 수 있는 책을 읽어야 할 말이, 쓸 이야기가 있죠. 그러므로 소녀, 소년은 최대한 자기가 읽고 싶은 책을 골라야 합니다. 과제를 받았을 때는 이미 늦었어요. 제가 아이디어를 하나 드릴게요. 새 학기가 되어 수업을 시작하는 날, 선생님께 먼저 여쭤보세요. 혹시 수행 평가 과제로 책을 읽고 글을 쓰게 되냐고, 어떤 책을 읽게 되냐고요. 우리가 읽고 싶은 책, 관심과 호기심을 불러일으킬 수 있는 책이면 더 좋겠다고 먼저 말하세요. 3장의 「언제 쓰는가」에서 말씀드렸듯이, 수행 평가 과제는 여러분에게 글을 쓸 수밖에 없는 시간을 열어 줍니다. 그 시간을 괴로움이 아닌, 설렘과 도전으로 채울 수 있어요.

독후감/서평 쓰는 법

좋은 독후감/서평을 쓰려면 좋은 책을 읽어야죠. 어떤 책이 좋은 책인지에 관해서는 의견이 분분하겠지만, 책을 읽기 전에는 떠올리지 않았던 질문을 하게 만드는 책이 좋은 독후감/서평을 쓸 만한 책이라고 생각해요. 그 질문에 대한 나만의 답을 글로 옮긴다면 최고의 독후감/서평이 되겠죠?

6

어떻게 쓰는가

글은 어떻게 쓸까요? 글은 문장으로 이루어집니다. 문장만 만들 수 있으면 글을 쓸 수 있어요. 하지만 다른 사람이 읽었을 때 이해가 되게 쓰려면 나름의 원칙을 지켜야 합니다. 운동 경기에도 최소한의 규칙이라는 게 있잖아요. 농구 경기에서 발로 패스를 할 수 없는 것처럼요. 우리는 글을 어떻게 써야 하는지 이미 알고 있어요. 지금까지 살면서 책을 읽는 동안에 자연스럽게 터득했거든요. 잠시 잊고 있었을 뿐이에요. 책을 읽을 때와 반대 방향으로 생각해 보면 됩니다.

영업 비밀, 그딴 건 없지만

· · · · · · · · · · · ·

　　이제 '영업 비밀'을 공개해야 할 시간이 돌아왔네요. 글쓰기에 관한 책이라고 해 놓고 수다만 잔뜩 떨다 끝나면 곤란하겠죠. 저자는 책의 마지막 장까지 도달한 독자에게 은혜 갚은 까치가 되어 글을 잘 쓰는 비법을 내놓아야 마땅해요. 그런데 베스트셀러는 내 본 적도 없는, 덜 유명한 작가인 저에게 남다른 노하우가 있을까요? 솔직히 말하면 그런 만능열쇠는 갖고 있지 않아요. 믿기지 않는다면 다나카 히로노부의 『글 잘 쓰는 법, 그딴 건 없지만』을 읽어 보세요. 좀 실망하셨나요? 하지만 제가 글을 쓸 때 잊지 않으려고 애쓰는 몇 가지 원칙은 있어요. 물론, 저만의 원칙은 아니에요. 배워서든 스스로 터득하든, 글을 쓰는 자리에 앉는 시간이 길어지면 알게 되고 알 수밖에 없습니다. 소녀, 소년보다 그 자리에 먼저 앉은 사람으로서 그 원칙을 설명해 볼게요.

　　글은 일정한 흐름을 타요. '처음-가운데-끝'이든

'기-승-전-결'이든, 시작을 했으면 마무리를 해야죠. 그건 너무 당연해요. 여러분이 초등학교 1학년 때부터 지금에 이르기까지 학교에서 국어 시간에 배운 지식 정도면 충분히 그 흐름을 타고도 남아요. 그 흐름은 그동안 책을 읽어 온 우리 안에 자연스럽게 녹아 있으니 걱정하지 마세요. 우리는 앞에서부터 뒤로 글을 읽지, 뒤에서부터 앞으로 글을 읽진 않으니까요. 학교 국어 시간에 배운 '개요 쓰기'는 그 흐름을 간단히 정리한 거랍니다.

개요 쓰는 법

개요는 글이 흘러갈 계획이에요. 우리가 보통 주제라고 부르는, 글에 담고 싶은 메시지가 정해지면 그 메시지를 전달하기 위해 이야기를 어떻게 펼쳐 나갈지 스케치해 보는 거죠. 예를 들어, 쓰레기 재활용 문제를 해결하자는 주제로 글을 쓴다면 '문제의 심각성-문제의 원인-대안 제시'의 순서로 글의 흐름을 잡아야 자연스러워요. 이 흐름에 맞추어 세부적인 내용을 어디에 넣을지 생각해서 덧붙이면 개요가 됩니다. 개요 없이 글을 쓴다면……, 존경합니다. 저는 소셜 미디어에 한 문단짜리 글을 올릴 때 빼고는 거의 개요를 씁니다. 사실, 개요 없이는 글을 쓸 수가 없어요! 저는 잡생각이 많은 편이라 글의 흐름을 잡아 놓지 않으면 글이

맥락에서 탈출해 버리거든요. 개요를 잡고 글을 써도 글의 내용은 계획과 달라지기도 해요. 이럴 때, 개요에는 없었던 더 좋은 내용이 생각났다면 얼마든지 수정해도 됩니다. 그러라고 개요가 있는 거죠.

앞에서 말했듯이 글은 자기표현인 동시에 독자와의 의사소통이에요. 내가 하고 싶은 말을 마음대로 썼다고 글이 되지는 않아요. 글은 솔직하고 진솔하게 써야 울림이 있지만, 마음에 감춘 것을 쓰레기통 비우듯 싹 털어 내 남들 앞에 보일 필요는 없어요. 길가에 쓰레기를 늘어놓으면 전시가 아니라 민폐입니다. 그냥 내가 쓰고 싶은 대로 쓰면 안 되냐고요? 안 되죠. 내 글을 읽는 독자가 글을 잘 이해하고 즐길 수 있도록 배려해야죠. 처음에는 마음에 쌓인 말을 다 풀어 내는 데 집중하고, 마지막 문장의 마침표를 찍은 뒤에는 시간을 두고 천천히 글을 읽으면서 다듬을 필요가 있어요. 독자에게 뭔가 말할 듯하다가 결국 말을 안 해서 답답하게 만드는 것도 실례지만 독자를 감정 쓰레기통으로 삼는 것도 곤란해요. 자꾸만 자기를 검열하면 글을 쓸 수 없겠지만, 검토를 거치지 않고는 글을 완성할 수 없습니다. 처음 글을 쓰기 시작한 2017년 무렵에는 이 문제가 가장 어려웠어요. 그래서 글을 써서 먹고사는 선배님한테 물어보았죠.

선배님은 일단 쓰라고, 내가 과연 어디까지 쓸 수 있는지 제한을 두지 말고 쓰라고 했어요. "쓴 다음에 수위를 조절하면 되니까." 오, 정말 그렇더라고요.

학기 초가 되면 저는 학생들에게 작은 수첩을 하나씩 줍니다. 비망 노트라고도 하고 일수 수첩이라고도 하는데요, 문구점에서 사면 권당 500원이고 인터넷으로 주문하면 최저가가 171원이네요. 작은 막대 사탕이나 껌 한 통보다도 저렴합니다. 가격도 가격이지만 크기와 두께 때문에 이 수첩을 선호하는데요, 점퍼나 바지 주머니에 쏙 들어가거든요. 반 토막 난 연필 한 자루를 끼워 놓으면 어디서든 메모를 할 수 있어요. 메모하는 기능은 스마트폰에도 있지만, 스마트폰을 사용하면 글은 뒷전이고 다른 짓을 할 확률이 높죠.

연필로 쓰는 법

저는 아이디어를 메모할 때는 노트에 손으로 글씨를 쓰지만 대부분의 원고는 키보드로 써요. 키보드는 '육필', 곧 손으로 쓰는 것보다 당연히 속도가 빠르고, 글을 편집할 때도 훨씬 편리하거든요. 하지만 글이 잘 안 풀리면 주섬주섬 연필을 꺼내서 일단 깎아요. 천천히 생각을 정리하며 머릿속에서 문장을 다듬습니다. 그 문장을 연필로 써 보고, 괜찮으면 몇 문

장 더 추가해요. 좀 풀렸다 싶으면 연필로 쓴 문장을 키보드로 쳐서 화면에 옮기죠. 다시 궤도로 돌아왔으니 안도의 한숨을 내쉬어요.

이 수첩은 문득 드는 생각이나 문장을 적는 데도 좋지만, 단어를 수집할 때도 유용합니다. 글을 쓰려면 무엇보다 어휘력이 뒷받침되어야 해요. 내가 하고 싶은 말을 정확하게 표현하려면 주어와 서술어의 호응을 맞출 줄 알아야 하는데 한국어가 모국어인 사람에게는 크게 어려운 일이 아닙니다. 문장이 꼬이면 한 번 잘라서 나누면 되고, 나누기 싫으면 여러 번 소리 내어 읽어서 어디가 이상한지 찾으면 되죠. 그런데 단어는 모르면 아예 쓸 수가 없어요. "걔는 자존( )만 세고 자존( )은 낮아서 네 말에 자꾸 화를 내는 거야."라는 문장에 들어갈 글자를 제대로 채울 수 있는 사람은 자존심과 자존감의 뜻을 정확하게 아는 사람이죠. 독자를 지겹게 만들지 않기 위해서라도 단어를 많이 알아야 해요. 같은 말을 자꾸 반복하면 읽는 사람은 지루하거든요.

글의 감칠맛은 비유와 묘사 그리고 문체에서 나옵니다. 먼저 비유는 자칫 잘못하면 맥 빠지는 아재 개그가 될 위험성이 있지만, 잘만 되면 특허 신청을 내고 싶을 정도로 문장을 독특하고 맛깔나게 만들어 줍니다. 하늘에서 참신한 비유가 저절로 뚝 떨어지면 얼마나 좋겠어요. 하지만 저에게는 그런 행운이 잘 허락되지 않더라고요. 그래서 기회가 될 때마다 비유 사냥을 시도해요. 글을 쭉 쓰다가 적절한 비유가 하나 들어가면 좋겠다 싶은 부분을 표시해 놓고 연구하죠. 뻔하지 않은, 남들이 생각해 내지 못한 비유를 만들려면 전혀 연결이 안 될 것 같은 A와 B를 미팅 장소에 앉혀야 합니다. 『아무튼, 목욕탕』을 쓸 때 "피곤이 밀푀유나베처럼 쌓인 날"이라는 비유를 썼는데요, 이 표현을 좋아해 주는 분들이 많더라고요. 이 비유도 나름의 연구를 거쳐서 만들었던 걸로 기억합니다. 앉아서 글을 쓸 때보다는 걸으면서 생각할 때 비유 사냥이 더 잘되는 것 같아요.

비유 사냥꾼 되는 법

일반적으로 비유는 A와 B의 공통 속성이 있어야 만들 수 있는데요, 도대체 어울리지 않는 A와 B의 공통 속성을 찾아내면 참신한 비유가 탄생합니다. 현존하는 비유 사냥꾼 중 제가 최고로 꼽는 분은 김혼비 작가님입니다. 신선한 비유를 구사하는 작가들의 책을 읽고 아이디어를 얻으세요.

묘사는 한마디로 독자의 상상력을 발동시켜 머릿속에 그림을 그리는 마법인데요, 요즘처럼 눈으로 즐기는 동영상이 쏟아져 나오는 세상에서 과연 묘사가 필요할까요? 필요합니다. 머릿속에 그림이 그려지면 읽는 맛이 있거든요. 묘사는 미술 시간에 스케치를 하듯 연습을 거치면 점점 좋아집니다.

마지막으로 문체는 나만의 스타일인데요, 사람마다 말투가 다르듯 글에도 쓰는 사람의 개성을 반영하는 '글투'가 있어요. 저는 소설가 김훈 선생님의 문체를 좋아하는데요, 글 쓰는 사람들의 부러움을 사는, 독특한 문체입니다. 선생님의 소설 『남한산성』은 고등학교 문학 교과서에도 실려 있더라고요. 그만큼 많은 독자들의 사랑을 받는 문장이라고 할까요. 저는 '허덕수다체'라는 문체를 열심히 개발 중인데, 그 뜻은 끝날 때까지 끝난 게 아닌 수다가 이어져 듣는 사람이 살짝 허덕인다……

이 스타일을 좌우하는 것 중 하나가 문장의 짜임인데요, 문장 안에서 주어와 서술어가 한 번만 나타나는 문장은 홑문장, 두 번 이상인 문장은 겹문장이라고 합니다. '정민이는 중학교 3학년이다.'는 홑문장이고, '오늘 날씨가 좋아서 정민이는 기분이 좋았다.'는 겹문장이죠. 우리는 글을 쓸 때 홑문장과 겹문장을 자연스럽게 섞어서 씁니다. 짧은 홑문장을 주로 사용하면 글에 속도감이 느껴져요. 간결한 문장이 반복되니 사건이 빠르게 진행되는 느낌을 줄 수 있어요. 반면에 겹문장을 주로 쓰면 사건의 순서나 인과 관계가 명확해져요.

글은 쓰는 게 반이고 고치는 게 또 반이라는 공식이 있어요. 고칠수록 좋아지는 게 글이죠. 이렇게도 바꿔 보고 저렇게도 표현해 보면 의미는 정확해지고 표현은 다채로워져요. 문제는 고치는 일에 끝이 없다는 거예요. 적당한 때에 손을 털어야지, 안 그랬다가는 평생 고칠 수도 있습니다. 저는 2017년부터 묘지에 대한 글을 쓰기 시작해서 2020년 말에 원고를 완성했는데요, 아직도 책으로 내지 못하고 지금도 고치고 있어요. 부지런히 책을 내는 이유는 쓰고 있는 글을 더는 고치기 싫어서이기도 해요.

글을 고칠 때 가장 기본적인 단계는 맞춤법과 띄어쓰기 검토인데요, 어디 가서 국어 선생이라는 말을 안 하고 싶을 정도로 심심찮게 틀립니다. 맞춤법은 그럭저럭 괜찮은데 띄어쓰기는 정말 어렵거든요. 딴에는 열심히 수정했는데 출판사 편집부에서 빨간 비가 내린 원고 수정본을 받으면 너무 부끄러워서 볼 빨간 갱년기가 되어요. 하지만 오늘보다는 내일 덜 틀릴 거라는 희망으로 고치고 또 고칩니다. 글을 고칠 때 과감하게 문단의 위치를 바꾸거나 공들여 쓴 내용을 확 지우고 새로 쓰기도 하는데, 아끼면 똥이 된다는 속담은 이럴 때 부활합니다. 하지만 지운 부분을 버리지는 않고, 자투리 폴더에 넣습니다. 나중에 다른 글에서 재활용을 할 수도 있으니까요.

내가 쓴 글 잘 지우는 법

열심히 쓴 글을 잘 저장한 뒤에('지워지면' 곤란하니까요), 다른 일을 하면서 하루를 보냅니다. 다음 날, 저장했던 글을 열면서 "이건 내가 쓴 글이 아니다. 다른 사람이 쓴 글이다. 지금 처음 읽는다."라고 중얼거려요. 자기가 쓴 글은 지우기가 쉽지 않아요. 아깝거든요. 다른 사람이 아닌 바로 내가, 한 자 한 자 정성을 다해 썼기 때문이죠. 하지만 남이 쓴 글이라면, 군더더기를 제대로 없앨수록 신이 나죠. '점점 더 간결한 글이 되고 있어!'

저는 재미있으면서 삶의 지혜와 깨달음도 담긴 글을 쓰고 싶습니다. 그런데 유쾌하고 발랄하면서 섬세하고 차분하고, 예리하고 날카로운데 동시에 묵직하고 울림이 있게 쓸 방법이 과연 있을까요? 고양이 털처럼 부드럽고 다정하면서 면도날에 베일 듯한 카리스마를 가진 사람은 존재하지 않겠죠? 글도 마찬가지라고 생각합니다. 글에는 쓰는 사람이 담길 수밖에 없어서, 좋은 걸 다 주워 담아 글쓰기 종합 선물 세트를 만들 수가 없습니다. 내게 없는 것은 내 글에 담지 않아요. 그저 **나답게** 쓰면서 나만의 길을 찾아갈 뿐이죠. 김중혁 작가의 조언을 들어 볼까요?

> 수많은 작가들이 글쓰기에 대한 충고를 한데 끌어모았을 때, 그 교집합이 최고의 비법일까. '열심히 쓴다', '꾸준히 쓴다' 정도만 교집합에 남아 있겠지. 충고 따위 무시하고 자기만의 방식으로 글을 쓰는 게 더 좋을 수도 있다. 해설을 보지 않고 문제집을 풀 때처럼, 작가들의 충고는 모두 잊고 혼자서 밤을 꼬박 지새우며 글을 쓰다 보면 저절로 작은 깨달음이 올 때가 있다. 자기만의 공식이 하나씩 생겨나고, 작가들의 충고가 무슨 말인지 몸으로 알게 되는 때가 온다. 그 사소한 깨달음이야말로 글쓰기의 가장 큰 재미 중 하나다.*

이 재미 때문에 작가를 꿈꾸는 이들과 더 좋은 작품을 쓰려는 작가들은 오늘도 글을 쓰는 자리에 앉아 기꺼이 혼자가 됩니다. 눈에는 보이지 않지만, 내 글을 읽는 기쁨을 누릴 독자를 만날 거라는 믿음이 있기에 혼자

■ 김중혁, 『무엇이든 쓰게 된다』, 위즈덤하우스, 2017, 132쪽.

여도 외롭지 않아요. 달콤한 외로움을 맛보는 이 자리에
소녀, 소년을 초대합니다.

나오며: 선한 사람들이 글을 쓰기를

　저는 도서관에 자주 가요. 제가 소녀, 소년과 같은 나이였을 때는 영어 단어를 외우거나 수학 문제를 풀기 위해서 어쩔 수 없이 갔지만, 지금은 내가 아직 만나지 못한 보석 같은 문장을 만나러 가기 때문에 가는 길에 콧노래가 절로 나옵니다. 도서관에서 책을 읽다 보면 '나는 죽었다 깨어나도 이런 글은 못 쓸 것 같아.' 하고 생각할 때가 종종 있어요. 그런 책의 저자들은 이미 이 세상에 존재하지 않고 이름만 남아 있을 뿐인데도 엄청 주눅이 들지요. 태양을 똑바로 쳐다보면 눈이 멀듯이, 저는 그런 분들을 쳐다보지 않기로 했어요. 역사에 남는 명작들과 제 글을 비교하면 너무 간지럽거든요. 저는 그저 제가 잘 쓸 수 있는 글, 저답게 쓸 수 있는 글을 쓰면 된다고 생각하고 쿨한 척해요. 하지만 선글라스 안에 감춰진 제 눈동자에서는 다른 사람들에게는 보이지 않는 작은 불꽃이

타오른답니다. 제가 전에 썼던 글보다는 더 잘 쓰고 싶다는 작은 욕심이 있는 거죠. 그래서 시간이 날 때마다 글을 쓰는 자리에 앉아요.

지금 이 글을 읽는 소녀, 소년이 '나도 한번 글을 써 봐야겠다!' 하는 마음을 먹고 책상 앞에 앉는다면 절반은 성공이에요. 당장은 글을 쓰지 못하더라도 언젠가 써 보겠다고 생각하며 주머니에 작은 수첩을 넣고 다니기만 해도 또 성공이에요. 저는 글을 쓰고 싶다는 작은 씨앗이 마음에 뿌려진 지 30년 뒤에야 본격적으로 글을 쓰기 시작했어요. 소녀, 소년은 100년을 넘게 살 테니까 얼마든지 기회가 있는 셈이에요. 글은 쓸수록 늘거든요. 조금씩 천천히, 내 생각과 느낌을 글자로 정돈해 나갈 때 글쓰기의 매력에 빠져들 거예요. 그리고 그 매력에 한번 빠지면, 글쓰기의 마력에 사로잡히는 거죠. 그래서 오늘부터 당장 글을 쓰라고 여러분을 닦달하고 싶지 않아요.

다만, 한 가지 바람이 있어요. 못된 사람, 나쁜 사람, 다른 사람을 이용하고 괴롭히고 학대하는 사람은 글을 안 썼으면 좋겠어요. 마음이 비뚤어진 사람이 글을 '잘' 쓰면 끔찍한 결과가 벌어져요. 그런 사람에게 글은 세상을 난도질할 칼이 됩니다.

제 소원은 악한 사람은 글을 더 못 쓰게 되고 선한 사람은 글을 더 잘 쓰게 되는 거예요. 소녀, 소년이 글을 잘 쓰는 사람이 되기 전에 먼저 선한 사람이 되기를 바랍니다. 내가 소중한 만큼 남도 소중히 여기는 사람, 강한 사람의 편에 붙어서 이익을 취하기보다는 약한 사람의 곁에 서서 올바름을 추구하는 사람이면 좋겠어요. 글을 쓰는 자리가 여러분을 그런 사람이 되도록 만들 거예요(제가 단단히 주문을 걸어 놓겠습니다).

글을 쓰면서 보낸 시간, 그 시간이 녹은 문장에서는 빛이 나요. 저는 반짝이는 마침표 앞에서 부끄럽지 않은 사람, 자기가 쓴 문장에 책임을 질 수 있는 사람이고 싶어요. 여러분도 그런 사람이 되기를 손을 모아 기원할게요.

참고한 글

고미숙, 『읽고 쓴다는 것, 그 거룩함과 통쾌함에 대하여』, 북드라망, 2020.

조지 오웰, 『조지 오웰 산문선』, 허진 옮김, 열린책들, 2020.

https://ko.wikisource.org/wiki/2·8독립선언서

이윤주, 『어떻게 쓰지 않을 수 있겠어요』, 위즈덤하우스, 2021.

이옥남, 『아흔일곱 번의 봄 여름 가을 겨울』, 양철북, 2018.

찰스 부코스키, 『고양이에 대하여』, 박현주 옮김, 시공사, 2016.

김중혁, 『무엇이든 쓰게 된다』, 위즈덤하우스, 2017.